그래도,
당신이

살 았 으 면

좋겠다

40년차 간호사가 기록한, 인생의 마지막 순간에 반짝이는 마음들

그래도, 당신이 살았으면 좋겠다

전지은 지음

라곰

고요하지만
찬란하게 빛나는

인생의
마지막 순간

"외부인 출입 금지"

입구에 붙어 있는 경고문이 아니더라도 중환자실은 그 단어 자체가 주는 무게감 때문에 주눅이 든다. 정해진 면회 시간에 제한된 사람만이 들어갈 수 있는 곳. 생명의 끈을 잡고 사투를 벌이는 곳. 환자 자신에게도, 가족과 친구들에게도 일생에서 견디기 가장 힘든 곳. 살면서 절대 가고 싶지 않은 곳. 그곳에서 나는 30여 년간 일했다.

지금으로부터 40여 년 전, 간호학과 실습 중 죽음을 처음 보았다. 가슴 안으로 훅 하며 찬바람이 들어왔다. 사람들이 흔히 말하는 머리가 쭈뼛 서거나 온몸에 오돌토돌 소름이 돋는 그런 감정은 아니었다. 오히려 차분하고 냉정해졌던 것 같다. 죽음이 내

일은 아니라고 생각했으니까. 그저 심호흡을 하며, 손을 비비며, 바닥을 딛고 있는 발바닥에 좀 더 힘을 주고 바라볼 수밖에 없었던 그날. 마지막이길 간절히 바랐지만, 이후 나는 자주 죽음을 목격하며 살아야 했다.

난 젊은 날의 시간 대부분을 중환자실에서 보냈다. 때론 그대로 주저앉을 싶을 만큼 힘들었다. 그 무게가 버거워 내려놓거나 시선을 돌려 버리고 싶을 때도 있었다. 하지만 아이러니하게도 죽음은 삶의 연장선상에 있는, 거부할 수 없는 하나의 사실임을 깨달았다.

죽음은 본인에게는 가장 편안한 모습이었다. 어떤 삶을 살았든 삶의 마지막 순간에는 모든 아픔과 슬픔을 내려놓은 채 평화롭게 인생의 한 점을 찍고 있었다. 누구의 간섭도 받지 않는 절대적인 평온의 상태. 그 상태가 되면 오롯이 그들만의 모습이 되었다. 절대적 평온과 죽음이 공존하는 모습에서 난 오늘을 살아야 할 이유를 발견했다.

난 미국에서 R.N.(Registered Nurse, 간호사)으로 오랫동안 일했다. 20년간은 중환자실에서 일했고, 그 경험을 바탕으로 중환자실의 케이스 매니저(Case Manager)로 11년을 병원에서 일했다. 케이스 매니저는 일반 간호사와는 달리 환자의 증상 치료뿐만 아니라 환자의 전체적인 상담가와 같은 역할을 한다. 임상의 경험에서 나오는 순발력과 판단력을 바탕으로 환자들이 가장 적절한 치료와 간호를 받을 수 있게 돕는 특별 간호사다. 가령 의료보험 상황은 어떤지, 입원 중 최적의 치료를 받고 있는지, 퇴원 후 갈 곳이 있는지, 환자를 챙겨 줄 가족이나 친구들이 주변에 있는지 살핀다.

케이스 매니저 일은 나와 잘 맞았다. 사람들의 이야기를 잘 들어주는 성격이기도 했거니와 육체적 아픔보다는 마음의 상처가 더 큰 사람들에게 도움을 줄 수 있다는 자부심이 있었다. 또 병원 내에서는 유일한 한국인 케이스 매니저여서, 낯선 환경에서 생소한 의학 용어에 당황하고 있는 한국 이민자들 돕기를 자청했다. 한국인이 입원했다는 연락을 받으면 퇴근 시간이 늦어져도, 연휴의 시작이라도 달려갔다. 주눅 들어 있는 분들을 위해 통역에 나섰고, 원무과로 달려가 의료비에 한 푼이라도 오류가 있지 않은지 확인하는 등 내가 알고 있는 지식과 경험을 총동원해서 그들을 도왔다.

중환자실에서 만났던 모든 사연은 안타까웠고 도움이 필요했다. 그 안에 함께 있었던 나는 살아온 지혜로, 경험으로, 척박한 이민 사회에서 한인 간호사라는 자부심으로 언제나 최선을 다했다. 말과 문화가 다른 미국에서 살아 내는 방법으로 선택했던 간호사의 일은, 그들의 사연을 만나면서 삶의 형태는 제각각이지만 사는 모습은 똑같다는 것을 알게 했다. 엄마의 마음, 자식의 도리, 사랑의 위대함, 자신을 있는 그대로 인정하는 자존감 등등. 그리고 어떤 순간이 오더라도 최선을 다해 헤쳐 나가고 극복해 나가야 한다는 삶의 자세를 배웠다.

그들이 인생을 살아 내는 과정에서 나의 한마디가 그들의 지친 어깨를 감싸 주는 한 줄기 희망이었다면 그것만으로도 의미 있는 일이 아닐까. 내가 만났던 사연들 속에서 난 나의 자리를 알게 되었고, 따뜻한 말 한마디, 조용한 경청이 그들에게 얼마나 큰 위로가 되는지를 느꼈다.

이민은 호수에 떠 있기 위해 쉼 없이 발을 젓는 오리떼들처럼 사는 일에 쉬지 않고 발을 젓게 한다. 치열한 삶 속에서 만났던 중환자실의 사연들은 어느 하나 쉬이 넘길 것이 없었다. 나는 그

경험들을 통해 죽음은 철저히 혼자 떠나야 하는 길임을 알았다. 그 길은 외롭고 쓸쓸하지만, 동시에 절대적인 평화이기도 했다.

누구나 마지막 순간에는 부드러운 얼굴이 된다. 고통으로 일그러져 있던 표정이 마지막 숨을 내쉬면서 근육이 이완되는 과정에서 비롯된 생리적인 현상이지만 혼자 떠나기에 홀가분해서이지 않을까 생각해 보기도 한다. 사람은 누구나 혼자 떠나지만 그 외로움의 끝은 평화롭다면, 그건 역설일까.

나의 친한 동료는 이렇게 말했다. '세상에 호상은 없다. 그냥 죽음만이 있을 뿐.' 그렇다. 떠나는 이도 보내는 이도 애달프지 않기는 어렵다. 하지만 그 안에는 반짝이는 마음들이 있었다. 극심한 우울증을 겪다 스스로 생을 마감한 아이는 자신의 신체를 나눠 주며 세상에 사랑을 전했고, 이국땅에서 온 푸른 눈의 청년을 사랑했던 한국 여인은 마지막까지 남편을 배려하며 미안함과 아쉬움을 남겼다.

60년을 함께 살았던 노부부, 자신의 의지와 달리 할아버지의 의지로 고통스러운 연명치료를 해 온 할머니는 아픔 속에서도 할아버지의 마음을 이해했다. 뒤늦게야 할아버지는 이 모든 게 자신의 욕심이었음을 깨닫고, 사랑의 미련을 내려놓으며 "그래도 당신이 살았으면 좋겠다"라고 말했다. 인생의 마지막 배웅 길에 그들이 남기는 말은 인생에서 가장 중요한 건 무엇인지를 생각하게 한다. 어떤 이는 사랑을, 어떤 이는 감사를, 어떤 이는 미안함을 남긴다. 그리고 그곳에 삶이, 사랑이 있다.

살아온 날보다 앞으로 살날이 훨씬 적어진 나이, 퇴직 후 지난 30여 년을 돌아보며 그 누구도 거스를 수 없는 죽음을 다시 한 번 생각해 본다. 나의 시선을 통해 전해지는 책 속의 이야기는 우리 모두의 이야기인 셈이다. 삶의 연장선상인 죽음을 맞는 자세에 공감할 수 있다면, 또 이를 통해 지금 이 순간 가장 중요한 것, 소중한 것이 무엇인지 깨달을 수 있다면 더없이 좋겠다.

2021년 10월

전지은

차례

3부

여전히 기다리고 있어요

4부

그럼에도 삶은 계속된다

✦

1부

사랑한 것만으로 충분해요

화장을 지우지 않는 7호실 환자

새벽의 찬 공기를 가르며 병원으로 출근하는 길에, 어둠의 긴 터널 끝에 마그마가 부어진 듯한 붉은 하늘을 본다. 안개가 나직이 내려앉은 하늘빛에 반사된 연분홍색 주차장을 지나며 시작되는 하루. 언제나 똑같은 상황이 나를 기다리지 않는다. 준비된 것은 오로지 최선을 다한다는 나의 자세일 뿐.

7호실 환자를 맡게 되었다. 고운 모습의 중년 여인이었다. 얼굴엔 엷은 화장기까지 돌고 있었다. 환자에게 수술실로 가기 전 화장을 지울 것을 권유했지만 환자는 거부했다. 가슴 아래의 폐에 있는 종양을 제거하는 수술이어서 환자가 원하는 대로 해 주기로 했다. 화장을 지우지 않은 채 수술실로 보내며, 그쪽 간호사에게 인계했다.

환자가 수술실로 간 후, 필요한 기구들과 모니터 등을 점검하며 왜 화장을 지우고 싶지 않다고 했는지 궁금했다. 예정보다 수술은 일찍 끝났고, 환자는 안정된 상태로 중환자실로 돌아왔다.

한 시간쯤 후 환자는 서서히 마취에서 깨어났다. 돌아눕히기도 하고, 기침을 시키면 따라하기도 하고, 물도 마시고, 산소포화도를 올리는 심호흡도 곧잘 하는 등, 내가 시키는 대로 잘 따라했다. 그러더니 내게 물었다.

"제 얼굴에 화장이 지워지지는 않았죠?"

보통은 마취에서 깨어나면 수술이 잘되었는지를 묻는데 그녀는 자신의 화장에 대해 묻고 있었다. 순간 당황했지만 웃으며 대답했다.

"네, 아직 남아 있어요. 그런데 누구한테 잘 보이려고 화장을 안 지우는 거예요?"

농담을 곁들인 내 질문에 그녀는 잠시 말을 멈추고 무언가를 생각하더니 대답했다.

"잘 보이고 싶은 사람이 있어서요. 그런데 이제 지워도 될 것 같아요. 혹시 뜨거운 물수건을 주실 수 있나요?"

나는 수건 하나를 꺼내 물에 적셨다. 전자레인지에 돌려 따뜻하게 만들어 그녀에게 가져다주었다. 뜨거운 물수건을 받아 든 환자가 얼굴의 화장기를 닦으며 이야기했다.

"혹, 수술하다가 죽게 되면 하늘나라에서 만날 사람이 있어요. 내가 정말 좋아했던 사람이에요. 이 나이에 남자 친구라니, 웃기죠? 그 사람에겐 고운 모습만 보이고 싶었어요."

"남자 친구가 먼저 하늘나라에 가셨어요? 기다린다고 연락은 왔고요?"

수줍은 듯 이야기를 이어 나가는 그녀를 향해 난 웃으며 말했다. 농담에 긴장이 풀렸는지 그녀는 내게 자신의 이야기를 하기 시작했다.

"가면 꼭 만날 수가 있을 것 같았어요. 내가 너무너무 좋아했거든요. 이혼한 지는 오래됐고, 혼자 사는 일이 편하고, 누굴 만나 또 어떤 관계로 엮인다는 것이 두려웠지요. 그런데 한 반년 전쯤 그 사람을 만난 거예요. 친구의 직장 동료인데, 셋이서 가끔 저녁을 먹기도 하고 영화도 보고 했어요. 몇 달 전부터는 급격히 가까워졌어요. 아니요. 내가 미친 듯이 그를 좋아하니까, 그 남자가 날 받아 준 거죠.

그런데 두 달 전 선착장에서 사고로 바다에 빠졌어요. 그리곤 영영 나를 떠났죠. 그저께가 그가 떠난 지 꼭 두 달이 되는 날이었어요. 노란 국화를 한 송이 사서 선착장에 갔어요. 꽃을 바다에 던져 놓고, 파도에 밀리는 배, 갈매기 들을 바라보는데, 그와의 추억에 얼마나 눈물이 나던지. 그러다가 그만 앞이 잘 안 보여서 넘어졌어요. 팔꿈치가 매우 아파서 뼈가 다친 것이 아닌가 싶어서 응급실을 갔어요. 팔과 가슴 쪽에 X-ray와 MRI를 찍었는데, 엉뚱하게 폐수술을 하라네요. 그것도 응급으로요. 폐에 종양이 있다고요.

그이를 만나러 가지 않았더라면 내 폐의 종양은 발견되지 않았을 수도 있었죠. 많이 진행되고 호흡이 문제가 될 땐, 이미 종양이 많이 커진 상태이겠지요. 그가 날 살리려고, 넘어지게 했고, 난 이렇게 수술을 받고 여기에 있네요. 그이는 이곳에 없는데……."

환자는 돌아눕게 나에게 도와 달라고 했다. 돌아누운 그녀의 어깨가 조금씩 들썩거렸다. 그녀가 우는 건 남자 친구를 만나지 못해서였을까, 아니면 그와의 추억이 그리워서일까.

죽어서도 사랑하는 사람을 만나고 싶었던 그녀의 절절한 마음. 죽어서 만나도 예뻐 보이고 싶었던 천생 여자. 그녀에게 울지 말라는 말도 못 했고, 왜 우느냐는 우문도 던지지 못했다. 얼마나 보고 싶고, 얼마나 그리울까. 눈을 떠도 눈을 감아도 기억되는 시간. 잊으려고 애를 쓰면 쓸수록 더욱 또렷해지는 그와 함께했던 추억. 그곳에선 잘 있는지, 날 잊지는 않았는지, 편하긴 한 건지 그런 생각들을 하며 그녀는 혼자 눈물 흘리는 것일까. 눈물의 모습조차 보이고 싶지 않아 등을 돌리고 혼자 우는 그녀를 조용히 혼자 울게 두었다.

살면서 누구나 한 번은 평생에 잊지 못할 사랑을 꿈꾼다. 자신들의 사랑만이 세상에서 가장 아름다운 것이라고도 말한다. 누구를 사랑한다는 것은 살아 있음의 증거라고도 한다.

첫사랑의 추억이 가슴 속 문신으로 남아 영원히 지워지지 않는 것처럼, 역경이 많은 사랑일수록 애틋하고 아프고 오래 기억된다. 그리고 누군가를 진심으로 사랑했던 일은 인생의 마지막 시간에 풍요로움으로 다가오는 것 같다.

옥자
스미스의

천국

두꺼운 이중문을 열고 들어가는 중환자실. 그곳에 오는 환자들이 늘 그렇듯, 그녀 역시 거의 의식이 없었다. 가느다란 숨소리만 들려올 뿐. 모니터로 확인되는 그녀의 산소포화도와 혈압은 아주 위험한 상태였다.

그녀는 전날 밤 중환자실로 왔다. 다시 시작한 항암 치료의 부작용 때문이었다. 구토가 심했고, 이는 탈수로 이어져 혈압이 급격히 하강했다.

환자의 차트를 보다 이름에서 시선이 멈췄다. 옥자 스미스, 친근한 이름이었다. 환자의 의식을 확인하기 위해 한국 이름으로 그녀를 불렀다.

"옥자 아주머니."

그녀가 눈을 번쩍 떴다. 당직 간호사는 분명, 그녀의 이름을 불러도 환자가 대답이 없고, 체온과 혈압을 재기 위해 기구를 몸에 대도 반응이 없다고 했다. 위급할 때는 가장 익숙한 언어를 찾는다더니, 그녀는 자신의 한국 이름에 반응했다. 이를 보고 있던 커다란 덩치의 백인 남편이 눈물을 글썽이면서 그녀의 손을 잡았다.

"당신, 한국 이름이 생각나? 나 여기 있어, 당신 남편……."

하지만 옥자 아주머니는 힘든지 이내 다시 눈을 스르르 감았다. 눈은 감았지만 의식은 돌아온 상태였다. 난 재차 한국말로 소리가 들리는지, 여기가 어딘지 알겠는지, 어디가 아픈지 물었다. 그녀의 눈은 감겨 있었지만, 내 질문에 고개를 끄덕였고 작은 목소리지만 정확하게 대답했다.

그렇게 의식이 돌아온 옥자 아주머니는 밤새 적당량의 수액과 산소량을 공급받자 몰라보게 상태가 좋아졌다. 환자가 안정된 상태를 보이자, 중환자실 케이스 매니저로서 내가 해야 할 일들을 시작했다. 남편에게 먼저 환자가 퇴원하면 돌봐 줄 가족은 있는지 확인했다. 혹 남편이 일하러 가면 환자 곁에 있어 줄 수 있는 다른 가족들이나 친지, 친구들이 있는지, 필요하면 간호도 해 줄 수 있는지 물었다. 옥자 아주머니에게는 한국말로, 남편에게는 영어로 물었다.

동시에 환자 상태가 급속도로 나빠졌을 때를 대비해야 했다.

한국에 가족들이 있는지, 있다면 그들이 환자를 만나고 싶어 하지는 않는지, 자주 연락하고 지냈는지, 가족들은 환자가 말기암 환자이며 재발이어서 더욱 힘든 항암 치료를 받고 있다는 사실은 아는지 등등. 더하여 환자의 상태가 더욱 심각해져, 의식이 없게 되거나 심정지, 호흡곤란 등으로 인공호흡기를 걸어야 하는 상황이 된다면 병원이 어떻게 해 주길 원하는지, 하나씩 차근차근 물었다. 이곳의 가족들은 환자의 상태를 받아들일 준비가 돼 있는지도 물었다. 물론 한국어와 영어로 동시에.

한결 상태가 좋아진 옥자 아주머니는 천천히 자신의 이야기를 한국어로 들려주기 시작했다.

“지금 제 옆에 있는 미국인 남편을 한국에서 만나 재혼했어요. 남편 따라 미국에 온 게 벌써 30년 전이에요. 그 후 한국에 간 적이 없어요. 사실 한국에는 다 큰 아들이 있지만 어디서 뭘 하는지 몰라요. 미국인 남편과 재혼할 당시, 아들이 세 살이었는데 전 남편에게 두고 왔으니 이제 와서 연락할 명분도 없죠. 오빠랑 동생도 있지만, 제가 김포에서 미국행 비행기를 타는 순간 그들과 인연을 끊었다고 생각하고 살아왔어요.”

옥자 아주머니는 자신의 이혼, 그리고 미국인과의 재혼을 집안의 치부로 생각하는 사람들과 연락한다는 것, 그것도 말기암 환자가 되어 연락한다는 것은 절대 안 될 일이라며 단호하게 말했다.

따가운 시선을 뒤로하고 도망치듯 떠났던 한국. 그곳에는 그리워할 아무것도 남아 있지 않은 그런 곳이라고 했다. 그렇게 한국어로 답을 하는 환자를 향해 나는 감히 "그런데 생사의 갈림길에서 제가 아까 한국어로 '눈 떠보세요'라고 했을 때 왜 눈을 번쩍 뜨셨을까요?" 같은 말을 할 수 없었다. 30년 전 그녀의 상황을 알지 못하고, 설사 안다고 한들 이제는 어쩔 수가 없는 지나간 시간이니까. 미국에서 새로 시작한 삶이 과거에 사로잡혀 혼란에 빠졌다면 더 힘들었을 테고, 이곳에서 최선을 다했던 것도 손뼉을 쳐 줘야 하는 인생이니까.

"미국인 남편과는 아이가 없어요. 둘이 시골에서 작은 식당을 운영하며 살고 있어요. 우리 식당 이름이 뭔지 알아요? 'Heavenly café'. 이름처럼 천국 같은 식당이죠. 난 천국 같은 곳에서 살았으니 여한이 없어요."

길게 대화를 이어 가는 게 힘들었던지, 옥자 아주머니가 물 한 컵을 청했다. 난 물을 떠다 주면서 그녀에게 물었다.

"그래도 얼마 남지 않은 인생길인데, 찾아야 할 것들이 있지 않겠어요?"

"아뇨. 전 조용히 떠나고 싶어요. 마지막 가는 길에 모진 인연이었던 과거를 만나게 된다면, 너무 아릴 것 같아요. 아무것도 찾지 않고, 그냥 이대로 떠날래요."

옥자 아주머니는 생각보다 많은 이야기를 내게 털어놓았다. 나는 케이스 매니저로서 환자가 안전하게 퇴원할 수가 있는지 확인하려 했을 뿐이었는데. 그녀는 생각지도 않게 자신의 아픈 과거를 열어 보였다. 내가 한국 사람이어서 기대고 싶었던 것인지, 아니면 남은 시간이 없다는 것을 알고 누군가에겐 조금이라도 털어놓고 싶었던 것인지 모르겠다.

다음 날 옥자 아주머니는 내게 부탁할 것이 있다며 조심스럽게 말을 꺼냈다.

"혹시 흰죽을 좀 쒀서 갖다줄 수 있나요?"

중환자실 간호사와 중환자실 케이스 매니저를 오래 하며 한국인 환자를 몇 번 만났지만, 음식 부탁을 받기는 처음이었다. '이런 것까지 해야 할까'라는 생각도 들었지만, 내가 편했으니 그런 부탁을 했겠지 싶어 기꺼이 그렇게 하겠다고 했다.

퇴근 후 흰쌀을 불려 다음 날 아침에 흰죽을 만들었다. 출근길에 병실에 전해 주면서 옆에 앉아 있던 남편에게 조금씩 먹이라고 일렀다. 간장과 참기름을 조금 떨군 흰죽을 그녀는 잘 받아먹었다. 옥자 아주머니는 임상적으로는 계속 불안정하였지만 암 병동으로 돌아가기를 원했고, 그렇게 그녀는 중환자실을 떠났다.

이틀의 비번이 지나고 그녀의 소식이 궁금해 그녀의 병실에 들렀다. 옥자 아주머니는 병상 곁을 내내 지켜 온 남편과 함께 마지막을 준비하고 있었다. 더 이상의 힘든 치료는 거부했고, 임종 간호를 하는 호스피스 병동으로 옮겨 갈 준비를 하고 있다고 했다. 옥자 아주머니는 한결 편한 표정으로 내게 말했다.

"한국 가족들에겐 연락하지 않았어요. 그래도 매니저님이 쒀다 준 흰죽 한 그릇이 한국에 대한 그리움을 삭혀 주었어요. 정말 고마워요."

그 말을 끝으로 옥자 아주머니는 호스피스 병원으로 옮겨 갔다.

병원 꽃밭의 해당화가 다홍으로 만개한 날, 지역신문의 부고란에서 옥자 스미스, 그녀의 이름을 발견했다. 누구나 죽으면 신문의 부고란에 실어야 하는 미국 연방법 전통에 따라 환자의 이름도 부고란에 올라왔다. 그녀는 남편과 운영하던 식당의 이름과도 같은 하늘나라로 가고 말았다.

한국을 떠나 미국에서 새롭게 시작해 열심히 살았던 30년. 남편이 늘 옆에 있었다고는 하지만 혼자 얼마나 힘들었을까 싶었다. 이곳 삶의 굽이마다 마주하게 되는 이방인이라는 이질감. 그 외로움에 얼마나 가슴이 시리고 아팠을까. 아무리 든든한 남편이 있었고, 친구들이 있었다고 해도 이민자가 느끼는 쓸쓸함은 다르다. 같은 문화권도 아니고 모국어도 쓸 수 없는 곳에서 애써 익숙한 척하는 아픔. 내가 느끼는 그 똑같은 것을 옥자 아주머니도 느꼈겠지.

일주일 뒤, 한 통의 전화를 받았다. 그녀의 남편이었다. 혹 도움이 필요하면 연락하라고 환자에게 내 전화번호를 건넸는데 장례가 끝나고 연락한 것이다. 남편은 그녀의 짐에서 그 옛날 한국 가족의 연락처를 찾았고, 그들과 연락이 닿았는데 의사소통이 어렵다며 내게 그들과 통화해 줄 수 있겠냐고 부탁했다. 나는 그렇게 하겠다고 했고, 한국으로 전화를 걸었다.

30년 만에 옥자 아주머니의 소식을 들은 동생은 그저 울기만 했다.

"말도 물도 낯선 이곳에서 좋은 남편과 함께 열심히 살다가 편안하게 가셨어요."

내가 전할 수 있는 말은 그것뿐이었다. 동생은 전화기 너머 한참이나 더 소리 내어 울었다. 그리고 조심스럽게 물었다.

"가는 길이 고통스럽지는 않았나요?"

"네, 편안하게 잘 가셨어요."

내 대답이 그에게 어떤 위로가 되었을까.

"편안하게 가셨다니 다행이네요."

동생은 혼잣말처럼 이 말을 하고는 전화를 끊었다. 전화를 끊고서 나는 끝내 전하지 못한 마지막 말을 나직이 읊조렸다. 아직 마르지 않은 무덤 위의 푸른 잔디 한쪽에서 하얀 나비 한 마리가 날아올라, 태평양을 건너가고 있다고.

‘좀 더 일찍’은 없다

신년 벽두에 다짐할수록 작심삼일이 될 때가 허다하다. 중년에 들어서 하는 다이어트는 당초 목표한 대로 실천하기가 매우 힘들었다. 살을 좀 빼면 무릎관절도 좋아지고, 허리도 덜 아플 텐데 말이다. 국수와 감자를 좋아하는 천생 강원도 아줌마인 것을 어쩌겠느냐고 스스로를 위로해 본다.

한동안 열심히 등산을 다닌 적이 있다. 로키산맥 끝자락에 살아서 차로 일이십 분만 가면 산길은 항상 새로운 풍경으로 나를 반기었다. 토요일 아침마다 남편과 가벼운 옷차림으로 길을 나섰다. 싱그러운 바람과 흔들리는 들꽃들, 정상에서 내려다보는 도시의 모습, 계곡과 언덕들 사이에서 펼쳐지는 풍광은 너무 아름다웠다. 그런데 언젠가부터 그 아름다움을 즐기는 일도 거의 하지 못한 것은 생업 때문이었다. 남편이 하는 사업을 도와야 했다. 작은 소매상인 가게는 예상했던 것보다 사람 손이 참 많이 필요했다. 편하게 쉴 팔자는 아닌 것 같다고 생각하며 얼마 전까지도 나는 가게와 병원, 두 곳에서 종종걸음을 쳤다.

그날 만났던 환자는 서른다섯 살 유진. 급성백혈병 환자였다. 유진이 쓰러진 곳은 동네의 야트막한 등산로였다. 아내의 손을 잡고 쉬엄쉬엄 걷고 있었는데, 갑자기 숨이 차며 한 걸음도 앞으로 더 나갈 수가 없었다고 한다. 철근을 매단 것 같은 발목의 무게에 주저앉았고 아내는 혼자 힘으로 남편을 움직일 수 없어서 구급차를 불렀다.

그가 응급실을 통해 중환자실에 도착했을 때는 이미 전신에 붉은 반점이 있었고 인공호흡기를 걸고 있었다. 등산복 차림의 아내는 정신이 반쯤 나간 상태였다. 나는 그녀에게 조용히 다가가 살포시 안아 주었다. 내 어깨에 기대어 그녀는 하염없이 눈물을 흘렸다. 오 분 이상 그렇게 가만히 서 있었다. 긴 한숨을 내쉬며 그녀는 의자를 당겨 내 옆에 앉았다.

"유진의 발병을 안 것은 두 달 전이에요. 하도 피곤해해서 병원에 가 보라고 했어요. 아직 젊은데 이유 없이 너무 피곤해하는 것이 이상해서요. 사실 이유는 있었지요. 저희 둘이서 작은 잡화

점을 해요. 아침 8시부터 저녁 9시까지 하거든요. 365일 하루도 쉬는 날이 없어요. 작은 공간에서 종일 함께 있으니 부딪힐 일도 많았죠. 똑같이 일하는데 난 별로 힘들지 않는데 유진은 늘 피곤하다고 하는 거예요. '남자가 뭘' 하며 난 늘 불만이었지요."

남편에 대한 죄책감이 들었는지 그녀는 잠시 말을 맘췄다 힘들게 말을 이어 갔다.

"좀 더 일찍 의사를 만나라고 했더라면……. 피곤하다고 했을 때 제가 그랬어요. 남자가 이 정도 체력도 안 되느냐고. 체력을 좀 기르라고. 유진은 운동보다는 잠으로 체력을 보충하겠다고 했는데……."

남편의 상태만으로도 충분히 힘들 텐데, 과거에 대한 자책은 상황을 더욱 악화시킬 뿐이었다. 환자 상태에 대한 이야기로 화제를 돌렸다.

"환자의 상태가 그리 좋은 것 같지는 않아요. 물론 좀 더 두고 봐야겠지만요."

"지난주 의사를 만났을 때도 이번 항암 주사가 별 효력이 없다면 힘들 수도 있다고 하더라고요. 우린 이제 어떡하죠? 제 삶은 어떡하죠?"

그녀의 흐느끼는 소리가 점점 커졌다.

"조금 더 기다려 보자고요. 그런데 다른 가족들은요?"

"유진 부모님들과 저희 엄마가 오고 계세요. 저희 오빠가 가게 문은 열었고요."

"그래요. 가족들이 모두 도착하면 다시 의논해 봐요. 무엇이 최선의 방법인지."

병실을 나서며 마음이 착잡했다. 가장 씩씩해야 할 30대 청년의 심각한 병세는 그리 쉽게 호전될 것 같지 않았다. 두 번에 걸친 항암 치료도 큰 도움이 되지 않았고, 유진의 병세는 이미 중증 상태에 접어들고 있었다. 블라인드 사이로 보이는 창밖 풍경은 병실 안쪽의 고통을 모른 채 고요한 풍경화처럼 흔들리지도 않고 제자리를 지키고 있었다.

퇴근이 가까운 시간, 유진 담당 간호사의 전화를 받았다.

"유진 환자의 부모님이 도착했어. 그런데 그의 상태가 좋지 않아."

나는 유진의 병실로 향했다. 가족들과 담당 의사와 원목이 모여 앉았다. 어려운 이야기를 먼저 꺼내야 하는 나의 자리, 케이스 매니저의 일은 도무지 익숙해지지 않는다. 아니, 하면 할수록 더욱더 어렵기만 하다. 조심스럽게 말문을 열었다.

"저는 유진의 케이스 매니저입니다. 다들 모이셨으니 미팅을 시작하겠습니다. 여기에 부모님과 아내, 주치의, 원목이 함께했습니다."

난 간단히 우리가 왜 함께 모였는지를 설명하고, 현재 환자의 상태를 설명했다. 내 말을 한참 듣던 유진의 어머니가 말했다.

"어렸을 적부터 잔병치레가 잦은 참으로 병약했던 아이였어요. 늘 가슴을 졸였지요. 사춘기를 지나며 우울증도 심했어요. 또래들과 잘 어울리지 못했던 것 같아요. 체력이 달려서 또래들이 하는 스포츠 어느 것도 함께 할 수가 없었지요. 고등학교 졸업 후 다행히 여자 친구를 만나 생활의 패턴이 조금씩 바뀌었어요. 둘이 등산도 가고, 여행도 가고, 수영도 배우더라고요. 병약했던 아이가 점차 건장한 청년이 되어 갔어요. 그 변화를 가족 모두가 반겼어요. 그랬는데 저렇게 되었네요."

어머니의 말을 듣던 주치의가 말했다.

"이럴 때 '담당 의사로서 최선을 다하고 있습니다'라는 말밖에 하지 못하는 제가 한심하게 느껴지네요. 항암치료제를 두 번이나 써 봤지만 유진의 경우에는 전혀 반응을 안 하네요. 이 정도면 백혈구수치도 좀 좋아져야 하는데, 그럴 기미가 전혀 보이지 않아요."

의사의 말은 짧았지만, 희망은 전무한 것처럼 들렸다. 유진의 아내는 듣고만 있었다. 아무런 말을 못 하는 그녀가 너무도 안타까웠다. 원목은 유진과 가족들을 위해 기도하겠다고 했고, 난 남아서 그들이 지낼 곳을 알아봐 주겠다고 했다. 그렇게 우리들의 미팅은 끝났다.

퇴근길, 풍경은 이미 어두운 명암의 수묵화가 되었고, 유진의 사투도 어두움 속에서 계속되었다. 답보 상태의 병세가 일주일이 넘자, 담당 의사도 가족도 모두 포기하는 것처럼 보였다. 한 젊은이는 그렇게 왔다가 소리 없이 떠나는 걸까.

다음 날 병실에는 유진의 아내는 혼자 침상을 지키고 있었다. 조용히 다가가 그녀의 등을 쓰다듬었다. 통통한 그녀였지만 손끝에서 느껴지는 그녀의 등뼈는 도드라진 느낌이었다.

“유진의 체력을 좀 더 튼튼하게 만들어 주고 싶었어요. 아침마다 실내운동을 함께 하고 단백질 효소도 사다 먹이고 저녁이면 동네 산책을 했지요. 그러나 가게를 하면서 시간이 항상 부족했어요. 둘 다 운동을 좀 더 하고 싶었지만, 아침이면 가게 문을 열어야 하고 저녁 늦게까지 일하다가 집에 돌아가면 모든 게 귀찮지요. 우리처럼 소규모 자영업을 안 해 본 사람들은 몰라요. 같이 운동도 하고, 그이를 좀 더 챙겼어야 했는데 너무 늦은 것 같네요. 너무 늦었어요. 만약 이 사람의 상태가 호전되어서 집으로 돌아갈 수 있다면 종업원을 늘려야지요.”

그녀의 말이 채 끝나기도 전에 모니터엔 빨간불이 들어왔고 호흡기에선 댕댕거리는 경고음이 계속 울렸다. 동시에 병실로 뛰어 들어온 간호사가 외쳤다.

"코드블루, 코드블루."

이어 심폐소생술이 시작되었다. 난 그녀를 조용히 일으켜 세워 손을 잡고 병실 밖으로 나왔다. 눈물도 흘리지 못하는 그녀에게 가족들의 전화번호를 물어서 전화를 걸었다.

"어디에 계세요? 지금 병원으로 오셔야 할 것 같아요."

위급하다고 말하지 않아도 나의 단호한 억양에 감을 잡았을 것이다. 서너 군데 전화를 걸고 다시 그녀의 곁으로 돌아왔다.

"좀 더 일찍 챙겼어야 했는데, 좀 더 일찍……."

유진의 아내는 어느 노래의 후렴구처럼 자신을 책망하며 같은 말을 되뇌고 또 되뇌었다.

"당신 잘못이 아니에요. 그가 쉬고 싶었으며 쉬어야 할 때이고, 그가 운동하고 싶었으면 그때가 운동해야 했던 시간인 거죠. 잠을 자고 싶었으면 또 그때가 자야 할 시간인 거고요. 안 좋은 일을 당하면 사람들은 누구나 똑같은 후회를 하죠. 하지만 이미 그 시간은 지나 버렸어요."

눈물도 흘리지 못하는 젊은 아내에게 내가 할 수 있는 이야기는 그뿐이었다. 45분의 심폐소생술이 끝나고 끝내 유진은 세상을 등졌다. 무엇이 그리 급해 사랑하는 아내를 두고 부모보다 앞서 길을 떠날까. 잡아서 묻고 싶었지만 그건 우리의 몫이 아니다.

나는 병원에 출근하지 않는 날이면 가게로 출근을 했다. 처음 해 보는 장사는 녹록지 않다. 유진이 왜 쉼 없이 가게에 매달렸는지 이제야 조금은 알 것 같다. 이대로는 안되겠다 싶어 매트를 깔고 유튜브를 틀어 놓고 나무처럼 외발로 서거나 동물처럼 엎드려 심호흡을 한다.

유치원 때부터 고등학교 때까지 개근상 한 번 받지 못했던 나의 체력은 이제 억척스러운 코리안 아줌마가 되었다. 병원에서는 한 번도 결근하지 않아 10년 근속상을 받기도 했다. 어쩌면 체력은 정신력에서 시작되는 것이 아닐까. 스스로 이겨내고 견뎌야 하는 이민 생활이 아니었더라면 그렇게 억척일 수 있었을까.

'노동은 노동이고 운동은 운동이다'라고 사람들은 말한다. 그래도 난 가게에서 일하는 내내 휴대전화의 만보기 앱을 켜 놓고 만 보를 채우기 위해 종종걸음을 한다. 하루의 목표는 최소 만 보. 그게 내 건강에 얼마나 이로운지 알 수는 없지만 만 보를 채운 날과 못 채운 날의 수면을 비교하면 어느 정도 짐작이 된다. 충분히 걸은 날은 숙면을 취해서 다음 날 아침에 머리가 맑고 상큼하다. 커피 한 잔이면 거뜬하게 하루를 시작할 수 있다. 그러나 걸은 숫자가 적은 날은 밤새 뒤척거린다.

오늘 아침에도 나는 노동 역시 운동이라며, 스스로에게 최면을 걸며 종종걸음에 에너지를 불어넣는다. 이렇게 또 하루가 지나간다.

있는 그대로
서로를

바라볼 수
있다면

입춘도 지난 연휴의 끝자락에 꽤 많은 눈이 내렸다. 내리던 비는 곧 함박눈이 되어 밤새 소복이 쌓였다. 세상은 온통 하얗고, 창으로 보이는 바다에도 집채만 한 파도가 친다. 검은 바다가 이렇게나 출렁이는 광경은 처음 본다.

오늘도 종일 집에 있어야겠다고 생각하며 한국 방송을 시청한다. 방송에서는 입심 좋은 연예인들이 손쉬운 요리를 만든다. 마침 내일 집에 손님도 오기로 되어 있어, 혹시라도 음식 준비할 아이디어를 얻어 볼까 싶었다. 그러다 시선은 이내 텔레비전 속 연예인 홍석천에게 머물렀다. 커밍아웃 후에도 활발하게 활동 중인 그를 보니 예전 친구들이 떠올랐다.

캘리포니아에서 새내기 중환자실 간호사였을 때였다. 키가 작고 덩치도 왜소한 백인 간호사 수전은 나와 동년배였다. 나이가 비슷해서인지, 체구가 비슷해서인지, 그녀는 내 일을 많이 도와주었다. 자연스럽게 가까워졌고, 퇴근 후 호프집에서 타코를 안주 삼아 한잔하기도 했다.

호프집에 갈 땐 종종 수전의 친구인 지니가 함께했다. 같은 병원의 약사인 지니에게 간호사들 이야기가 재미있을까 싶었지만, 지니는 우리와 자연스레 어울렸다. 그날도 수전, 지니와 호프집에 갔다. 좀 취할 만큼 맥주를 마셨을 때 수전은 지니의 손을 꼭 잡았다. 처음엔 그냥 그런가 보다 하고 지나쳤는데, 애틋한 눈빛으로 서로를 바라보면서 기대어 있는 모습이 좀 의아했다.

그러던 어느 날, 수전과 지니가 파티를 연다며 초대장을 건넸다. 그제야 난 옆의 동료에게 물어보았다.

"수전이 지니랑 파티를 연다는데 이거 무슨 파티야?"

"몰랐어? 둘이 연인이잖아. 결혼 파티야."

둘은 레즈비언이었고 오랫동안 사실혼 사이였다고 했다. 아차 싶었다. 그동안 함께하며 의아했던 장면들에 대한 의문이 풀렸다.

"아니, 수전이랑 그렇게 친했으면서 아직 몰랐어? 둘이 손잡고 다니는 것만 봐도 알잖아."

동료는 웃으면서 나를 나무랐다. 손잡고 다닌다고 그걸 어떻게 알까 싶었다. 한국에서 친구들을 만나면 팔짱을 끼고 거리를 걷는 일이 허다하지 않은가.

"난 한국에서 친구들과 손도 잡고 팔짱도 끼는데?"

"너 여기서 그렇게 하면 사람들은 네가 레즈비언이라고 생각할 거야."

수전도 지니도 중환자실에서는 없어서는 안 될 중요한 사람들이었다. 수전은 중환자실 베테랑 간호사로 오래 일했고, 지니도 중환자실 약사로 유능한 전문인이었다. 뿐만 아니라 급하고 어려운 일이 생기면 언제라도 도와주는 좋은 사람들이었고, 좋은 친구였다. 누구도 그들을 동성애자라고 비난하지 않았다. 그들의 성향을 있는 그대로 인정하고 받아들였다.

파티 날에 수전은 흰색의 원피스를, 지니는 흰색 슈트를 입었다. 손에는 하얀 프리지어 한 다발을 들었다. 주례는 병원의 사회사업가였다. 그녀 역시 화려하면서도 우아하고 가장 격식을 차릴 때 입는 흰색 드레스를 입고, 둘의 앞날을 축복하고 행복을 빌었다.

소규모의 피로연도 없는 간단한 예식이었지만 둘은 이렇게 하나가 됨을 우리들에게 알리고 싶어서 예식을 한다고 했다. 그때쯤 캘리포니아주에서는 동성결혼을 인정했고, 시청에서도 결혼증명서를 발급해 주었다. 동시에 병원에서도 서로의 배우자로

기록될 수 있었고, 병원 직원 가족으로서 받는 혜택을 똑같이 받을 수 있었다

동성애자들이 많고 미국에서도 첫 번째로 동성 배우자를 법적으로 인정한 도시인 샌프란시스코 가까이에 살면서도 정작 내 친구가 레즈비언이었던 사실을 몰랐던 이유는, 나의 시선에서 그들이 전혀 이상하지 않았기 때문이다. 나는 동성애자들은 행동이나 성격이 조금 다를 거라고 생각했었는데, 그들 역시 나와 같은 보통 사람이었다.

키가 크거나 작은 사람, 뚱뚱하거나 날씬한 사람, 피부가 좀 희거나 검은 사람, 목소리가 크거나 작은 사람이 있는 것처럼 사랑하는 대상이 나와 다를 뿐이었다. 보이는 그대로 인정하고 보이는 그대로 이해하는 것. 그들의 결혼식을 보면서 내가 배운 또 하나의 삶의 태도였다.

60년 부부, 함께 떠납니다

봄이면 누가 알려 주지 않아도 연초록의 색깔을 입은 산야가 시선 속으로 들어온다. 새싹이 돋고 옅은 잎이 나고 꽃이 피면 짙은 초록과 어우러지며 아름다운 자연을 만든다. 그 자연의 조화 속에서 사랑하는 사람들은 가정이라는 조화로운 화단을 가꾸고 싶어 한다.

적어도 나는 그랬다. 얼었던 계절이 풀리자 움츠렸던 마음도 푸근해지며 그의 어깨에 기대고 싶었다. 일 년쯤 만났던 그와 자연스럽게 결혼 이야기가 오갔고 봄꽃처럼 아름다운 신부가 되고 싶었다. 당시 봄의 결혼식 중 가장 많이 회자되던 영국의 윌리엄 왕자와 케이트의 결혼식을 보며 나는 황홀해했다. 대리만족이겠지만 케이트의 부케와 웨딩드레스를 보며 한창 달떴던 시간들.

아련한 추억으로만 남았고, 40년의 시간이 훌쩍 가 버렸다.

어느 해 봄에 만났던 환자는 여든다섯의 할머니 유방암 환자였다. 암이 장으로 전이되어 복강 내 장기들을 모두 누르고 있었다. 할머니는 개복수술로 전이되어 있던 암까지 제거한 상태였다.

가족들 말로는 환자 본인은 수술을 받지 않고 편안한 임종을 원했지만 할아버지가 아내에게 마지막으로 한 번만 더 해 보자고 간곡하게 부탁하여 수술했다고 한다. 유방절제술은 물론 이어지는 항암 요법과 방사선치료들로 기력이 쇠진할 대로 쇠진해진 할머니는 더 이상 병마와 싸우기엔 힘에 부쳤지만 남편이 간절히 원하니 다시 수술을 승낙한 것이었다.

다행히 할머니는 수술 후 하루 만에 인공호흡기를 떼었고 경과도 그리 나빠 보이지 않았다. 집도의는 종양을 거의 전부를 적출할 수 있어서 다행이었다고 했다. 수술하지 않았으면 얼마 견디지 못했을 시간을 수술로 좀 더 연장한 것 같았다.

그런데 문제는 다음 날이었다. 할머니가 뇌졸중 증상을 보였다. 갑자기 말을 못 하고, 마비까지 왔다. 급하게 CT를 찍었는데 아니나 다를까 혈전성 뇌경색이었다. 간단한 수술도 아니고 복강 전체를 들어내 암이 퍼진 부분들은 잘라내고 꿰맨 직후였으므로 혈전을 녹이는 혈전용해제도 투여할 수 없었다. 혈전용해제를 투여하면 꿰맨 상처 부위에서 출혈이 일어날 수도 있기 때문이다.

그저 지켜보는 것밖에는 방법이 없었다. 하지만 24시간이 지나도 호전될 기미를 보이지 않자 큰딸이 조심스럽게 물어왔다.

"엄마에게 임종간호가 필요하지 않을까요?"

"방금 수술이 끝났는데 좀 빠르지 않나요? 혹 본인이 원했다면 모르지만."

"사실 수술하기 전부터 엄마는 임종간호를 원했어요. 살만큼 살았는데 편안하게 가고 싶다고요. 수술은 잘 끝났지만 합병증이 심각하잖아요. 엄마는 수술을 원하지 않았거든요. 아버지 성화에 못 이겨 수술을 받은 거죠. 아버지는 모든 수단과 방법을 동원해서 엄마를 살리는 것만이 최선이라고 생각하거든요. 엄마는 그런 아버지를 위해 할 수 없이……."

미국에서는 말기암 환자인 경우 대개 의사가 환자와 가족의 의견을 먼저 묻는다. 편안하게 임종하기를 원하는지 아니면 모든 방법을 동원해서 생명 연장을 원하는지. 개인의 종교와 믿음의 차이들로 답은 각각 다르지만 의료진은 그들의 의견을 경청하여 치료 계획을 세운다.

임종간호는 마지막 시간을 보내는 방법의 하나로 선택은 환자와 가족들의 몫이다. 할머니의 선택은 임종간호였고 할아버지의 선택은 생명을 연장하는 쪽이었다. 하지만 할머니는 늘 할아버지의 의견을 따랐다. 할머니는 유방암인 것을 알고는 견디기 힘든 수술과 치료를 받는 중에 딸에게 늘 이렇게 말했다고 한다.

"난 편안하게 가고 싶다. 지금까지 아버지와 너희들의 사랑을 받으면서 잘 살았는데 이제 더 이상 뭘 바라겠니."

할머니는 이 이야기를 차마 남편에게는 하지 못했다. 남편의 간곡한 마음을 잘 알았기 때문이었다.

딸 역시 아버지에게 이 말을 전할 수 없었다. 할아버지는 수단과 방법을 가리지 않고 할머니를 살리겠다고 다짐하고 있었으니 말이다. 할아버지는 너무나 사랑하는 할머니를 보낼 준비가 아직 되어 있지 않았다. 결국 할머니는 할아버지의 뜻에 따라 모든 치료를 수용했지만 대수술 후 예후는 급격히 나빠졌다.

나는 할아버지와 마주 앉았다. 일단 다른 가족들은 빠지기로 했다. 할아버지는 모두 당신 책임이라며 힘들어할 수도 있는데 가족이 그런 자리에 함께 있는 것은 좋지 않았다. 감정에 휩싸일 수 있기 때문이다.

"결과가 좋지 않습니다. 할머니의 예후를 장담하기 어렵습니다. 지금까지 최선을 다하셨으니 이제 할머니가 편안하실 수 있게 놓아드리면 어떨까요?"

"살릴 수 있을 거라고 믿었는데……. 더 힘들게만 한 것 같네. 그렇게 수술을 하고 싶지 않다고 했는데 말이지."

"그래도 최선을 다하셨잖아요."

나는 거칠고 두툼한 할아버지의 손을 잡았다. 손은 참 따듯했다. 우리는 한참을 그대로 있었다.

"가망은 없지?"

"유감스럽게도 그래요."

"알았어."

할아버지와 생각보다 쉽게 이야기가 풀렸다. 우리는 가족들 모두 모여서 이야기를 나누기로 했다. 할아버지, 임종간호사, 원목, 가족들 그리고 나는 두 시간 후 다시 모이기로 했다.

할아버지는 잠시 다녀올 곳이 있다며 나갔고, 난 딸에게 전화를 걸어 약속 시간을 알렸다. 할아버지가 생각보다 훨씬 쉽게 상황을 받아들이는 것 같다는 언질도 잊지 않았다. 딸은 마음이 가벼워졌다며 고맙다고 했다.

약속 시간에 맞추어 회의실로 들어가려는데 응급용 원내 방송이 연거푸 이어졌다.

"코드블루, 병원 입구 주차장! 코드블루, 병원 입구 주차장!"

코드블루는 병원 내에서 누군가 심장마비 등으로 갑자기 의식의 잃고 쓰러졌을 때 원내 방송에서 쓰는 응급용 신호다. 나는 누군가에게 발생한 응급상황으로 생각하고 만나기로 한 장소에서 할아버지를 기다렸다. 하지만 할아버지는 30분이 지나도록 나타나지 않았다. 그때 딸의 전화기가 울렸다. 응급실이었다. 할아버지가 주차장에서 쓰러졌단다. 좀 전에 들었던 코드블루를 발령시킨 응급환자가 바로 할아버지였던 것이다. 회의실에 모여 있던 가족들은 서둘러 응급실로 달려갔다.

할아버지의 병명은 주로 심장마비 증상을 보이는 타코쓰보 증후군이었다. 이는 사랑하는 사람을 잃었거나, 사랑이 깨어져 죽을 것 같은 심정의 급격한 스트레스 상황이 왔을 때 생기는 상심 증후군으로 일본 의사에 의해 처음 이름이 붙여졌다. 보통 젊은 여성들에게서 많이 발병되는 이 증상이 할아버지에게 나타난 것이다.

약속은 자연히 미루어졌다. 퇴근 시간쯤에 할아버지가 중환자실로 들어왔다. 할머니의 바로 옆방이었다. 다행히 할아버지는 인공호흡기가 필요 없었고, 심장박동수와 혈압을 조절하는 약만 공급받고 있었다.

다음 날, 임종간호사가 할머니를 방문하기 직전에 할아버지가 나를 찾았다.

"우리 둘을 호스피스 병원으로 보내 줘, 가능하면 같은 방을 쓸 수 있게 해 주고. 아내가 맞고 있는 모든 약물을 제거하고, 내가 맞고 있는 모든 약물도 제거해 줘. 둘 다 고통받지 않게 가끔 진통제만 주면 돼. 아이들을 다 불러 줘. 우리 부부의 일은 우리 둘이 결정할 거야. 알았지?"

"할아버지, 가족들을 부를게요. 모두가 있는 자리에서 말씀하세요. 잠시만요."

할아버지는 가족들이 한자리에 모인 자리에서 또박또박 자신의 뜻을 전했다. 큰딸이 눈물을 뚝뚝 흘리며 말했다.

"아버지, 진정 원하시는 거죠? 그게 두 분의 뜻이라면 그렇게 해 드려야지요. 후회하지 않게 잘 생각해 보세요. 급하게 결정하시지 않아도 돼요."

그리고 그녀는 나를 보며 말했다.

"아버지는 엄마의 상태가 이렇게 나빠진 게 본인 탓이라고 생각하시는 것 같아요. 엄마가 돌아가시면 혼자 남을 생각에 힘드시기도 한 것 같고요. 그것이 아버지 뜻이라면 따를게요. 60년 넘게 함께 있었는데 그렇게 오랜 사랑과 이별하자니 얼마나 힘드실까요. 가는 길까지 함께하고 싶을 만큼 각별하셨던 거죠."

호스피스 병원에 전화를 걸어서 부부가 쓸 수 있는 방이 있는지 문의했다. 대개는 독방이지만 침상을 하나 더 들이겠다고 했다. 구급차 회사에도 문의했다.

"두 사람이 함께 구급차를 타고 호스피스 병원으로 갈 수 있나요?"

그쪽에서 잘 못 알아들었다. 한 구급차에 두 명이 탈 수 있는지를 물어보자, 규정상 함께 타는 것은 안 되고 동시에 구급차 두 대를 보내겠다고 했다.

두 분은 앞서거니 뒤서거니 호스피스 병원으로 떠났다. 다른 주에서 달려오고 있는 둘째 아들을 기다려 줄 시간이 있을지 알 수 없지만 함께 떠나가는 길이 편안해 보였다.

두 분을 떠나보내며 결혼 40년이 넘은 내 모습을 되돌아본다. 연애할 적에는 뜨겁게 사랑했지만, 결혼 후에는 남편에게 살갑지 못했다. 지금은 고백하건대 독불장군이다. 무엇이든 내 마음에 들어야 하고, 내 답만이 정답이고, 내 목소리는 언제나 그이보다 한 톤 높다.

결혼 30주년 기념으로 알래스카를 여행한 적이 있다. 가도 가도 이어지는 너른 바다의 수평선을 바라보며 '그동안 나를 견뎌 줘서 고마워'라고 말했다. 진심이었다. 긴 세월 동안 나를 견뎌 준 남자. 한때의 열정이 식었다고 해도 내 곁을 지키는 동반자. 세상에서 최고로 편한 남자. 누가 뭐라 해도 언제나 내편인 한 사람. 누군가 사랑이 식거나 사랑이 없는 결혼 생활을 왜 계속하느냐고 묻는다면 나는 자신 있게 말할 수 있다. 결혼은 '함께 손잡고 영원히 가는 평행선'이라고.

며칠 후 동네 일간지에 두 노인의 사진이 실렸다. 아들과 딸이 둘의 일생을 추억하며 '60년 동안 평생을 하루같이 사랑했던 부부, 함께 떠납니다'라고 애도하고 있었다. 그리고 두 분의 사망 일시는 같은 날, 불과 두 시간 차이였다. 서로의 빈자리가 두려워서일까, 아니면 그 각별하고 영원한 사랑이 서로의 빈자리를 잠시도 허용하지 않았던 것일까. 신문의 부고란을 읽으면서 생각은 꼬리에 꼬리를 물고 이어졌다.

그 걱정이

현실이
되었을 때

미국에서 대학교 1학년생은 대부분 캠퍼스 내 기숙사에서 생활하지만, 근처에 거주지가 있는 학생은 예외적으로 학교 밖에서 생활할 수 있다. 그래서 집이 있는 학생은 주말마다 한껏 호기를 부리며 친구들을 집으로 초대해 파티를 열곤 한다.

이제 막 대학 생활을 시작한 에릭도 그런 파티에 갔다. 아마도 그는 친구들과의 달콤한 주말 외출을 꿈꿨을 것이다. 하지만 파티는 생각대로 흘러가지 않았다. 간만에 자유를 만끽하게 된 대학생들은 자유의 한계를 넘어 버렸다. 그들은 술과 약을 함께 섞어 마셨다. 그들을 제지할 어른들은 없었다.

친구의 말에 의하면 에릭은 집에서 벗어났다는 해방감에 자주 폭음을 했다. 그날은 술로 충분히 취하지 않자 약을 섞어 마셨다는데 그게 문제였다. 대학생들 사이에서 처방전 없이 살 수 있는 약들을 무작위로 통에 넣고 섞은 뒤, 손에 잡히는 대로 약을 집어서 술과 함께 마시는 게 유행이란다. 일명 필(약) 파티로, 그들 사이에서는 약 성분이 무엇인지, 누구의 약인지를 묻지 않는 것이 불문율이라고 했다. 약은 어떻게 섞이느냐에 따라 그 반응이 제각각인 화학물질이다. 거기에 향정신성 작용을 하는 술이 더해지면 신체 내에서 어떤 반응을 일으킬지 도무지 예측할 수 없다.

구급차가 도착했을 때 에릭의 호흡은 거의 멈춰 있었다. 찬바람이 드는 창가에 누워 있었던 탓에 체온도 급격히 하강한 상태였다. 에릭이 얼마 동안이나 의식이 없었는지는 누구도 기억하지 못했다. 다들 파티에 심취해 그에게 관심을 줄 여력이 없었다. 함께 있었던 친구들은 그가 술에 취해 자는 줄로만 알았다.

파티에 참석했던 친구들은 술이 채 깨지도 않은 상태에서 중환자실의 보호자 대기실을 점령하고는 안절부절못했다. 친구들은 에릭을 살피지 못했던 것과 약과 술을 혼용했던 것에 대한 죄책감으로 두려움에 떨고 있었다.

대학 관계자가 연락을 받고 병원에 도착했다.

"생각보다 사태가 심각해서 보호자한테 연락했어요. 여기로 오고 있습니다. 에릭의 상태는 어떤가요?"

인공호흡기에 호흡을 의존한 에릭은 심각한 상태였다. 일반적으로 인공호흡기를 걸면 환자가 불편함을 느껴서 몸부림을 치기 때문에 진통제와 진정제를 투여한다. 그러나 에릭은 그게 필요 없을 만큼 어떤 통증에도 반응하지 않았다. 체온도 급격히 떨어져 장기 손상과 근육강직이 걱정되었다. 혈액검사 소견으로는 에릭은 술을 포함한 모든 약물에 양성반응을 보였다. 진단명은 '약물 과다 복용'이라고 바뀌었다.

에릭의 부모는 워싱턴주에 살고 있었다. 아들을 멀리 떨어진 이곳, 콜로라도 대학교에 보내고 낯선 곳에서 적응하지 못할까 봐 노심초사했을 것이다. 그리고 그 걱정은 현실이 되고 말았다. 워싱턴주에서 이곳까지는 차로는 꼬박 이틀이 걸리고, 비행기를 타도 세 시간 이상이 걸렸다. 대학 관계자의 전화를 받고 바로 공항으로 달려 나갔다는 에릭의 부모는 퇴근 시간이 가까워졌을 무렵, 사색이 되어 병원에 도착했다.

"놀라지 마세요. 아드님의 상태가 좋지 않습니다. 중환자실에 들어가면 에릭의 몸에 기구들이 많이 달려 있을 거예요. 인공호흡기를 걸고 있고 약물로 잠을 재우기 때문에 얼굴이 부어 있을 거예요. 여기저기 선들이 많아 불편해 보일 수도 있어요."

미리 설명했지만 에릭의 엄마는 병실에 들어서자마자 바닥에 털썩 주저앉으며 경기하듯 온몸을 떨었다. 그녀는 소리도 내지 못하고 눈물만 흘렸다. 에릭의 아버지는 침대 옆에 장승처럼 서서 아무 말도 하지 않았다. 나도 무릎을 꿇고 엄마의 어깨를 잡은 채 한참을 같이 앉아 있었다.

얼마쯤 지났을까, 에릭의 엄마가 고개를 들더니 긴 한숨을 내쉬었다. 그녀는 내가 건넨 찬물을 단숨에 들이키고는 물었다.

"이제 어떻게 되나요?"

보호자를 기다렸던 중환자실 주치의가 에릭의 상태를 하나하나 자세히 설명했다. 에릭의 아버지는 의사의 이야기를 다 듣더니 아들을 워싱턴주로 옮겨 달라고 했다.

이때부터 나의 발걸음은 바빠졌다. 우선 남편에게 전화를 걸어 퇴근이 늦어진다고 알린다. 이어 전화기를 바짝 당겨 둔다. 에릭 가족의 연고지 근처에 에릭을 받아 줄 병원과 의사를 알아보고, 해당 병원과 보험회사에 연락해서 환자의 상태를 알리고, 환자를 옮겨야 하는 이유를 설명한다. 의료용 경비행기를 예약하고, 환자를 보내는 우리 쪽 의사와 받는 쪽 의사를 연결해서 환자의 상태를 전하고 병원을 옮기는 데 문제가 없는지 살핀다. 또한 환자가 의료용 경비행기를 타고 몇 시간이나 비행할 수 있는 상태인지도 확인한다. 저쪽 병원에 보내기 위해 입원 중에 촬영했던 CT, MRI, X-Ray 등 모든 기록을 복사해서 시디에 담는다.

다행히 옮길 병원은 금방 정해졌고 의료용 경비행기도 예약되었다. 그러나 문제는 보험회사였다. 보험회사는 에릭이 현재 우리 병원에서 치료를 잘 받고 있는데 굳이 워싱턴으로 옮길 이유가 없다고 주장했다. 비행기로도 세 시간 이상 걸리는 거리를 구급차로 이동할 수도 없었다. 구급차로 다섯 시간 이상 걸리는 장거리 이동엔 응급용 헬기나 비행기를 이용해야 한다. 구급차든 의료용 경비행기든 그 비용은 만만치가 않고, 의료보험으로 처리된다. 그러니 보험회사는 어떻게든 에릭을 옮기기 않으려고 했다. 더구나 에릭의 진단명은 '약물 과다 복용'이니 의료보험 처리를 할 수 없다고도 했다.

"그래요. 아이를 우리 병원에 계속 두겠다는 말이지요. 좋습니다. 그러면 우리 병원에서는 아이가 깨어날 때까지 계속 중환자실에 두고 모든 시술을 해 보겠습니다. 비용이 얼마나 들지, 어떤 시술을 할지 계획된 것은 없지만 최선을 다해야겠지요. 중환자실 비용이 만만치 않다는 것은 보험회사가 더 잘 아시잖아요.

워싱턴으로 옮기면 우선은 중환자실로 가겠지만 상황을 봐서 재활 병동이나 일반 병동으로 옮길 수도 있겠지만요. 그곳엔 친척과 가족들이 많이 있어 환자를 물심양면으로 도울 수 있으니 회복이 좀 더 원활할 수 있잖아요. 여긴 환자는 물론이고 부모님을 도울 사람이 없으니 보험회사 직원이 직접 나와서 이분들의 모든 걸 챙겨드려야 해요. 다음 단계로 옮겨 갈 수 있도록 안내도 필요하고요. 부모님들이 머무를 수 있는 곳도 알아봐 주셔야죠.

보험회사에서 하실 일이 많으겠어요."

그렇게 시시콜콜 하나씩 따지듯 물었다.

"우리 보험회사에서는 '약물 과다 복용'은 자살과 같은 종류로 처리하기 때문에 보험료를 지급할 수가 없습니다."

"그건 아니지요. 아이가 죽기 위해 약물을 복용했다면 유서 같은 게 있어야 하는데, 그런 증거가 없고 약물중독이라고 해도 처방전이 없어도 살 수 있었던 약들이잖아요? 친구들과 파티를 하며 호기심에 먹은 것이니 이건 명백한 사고예요. 예기치 않았던 사고요. 죽으려던 계획이 전혀 없었단 말이죠."

나의 오랜 설득 끝에 보험회사는 결국 손을 들었다. 그리고 30분 후 에릭의 주치의에게서 전화가 왔다.

"역시 해결할 줄 알았어. 의료보험회사에서 전화가 왔는데 오늘 밤에 에릭을 옮겨도 된대. 너한테도 직접 전화를 걸겠대. 수고했어."

채 오 분도 되지 않아 보험회사에서 전화가 왔다.

"위에서 오케이가 떨어졌습니다. 오늘 밤에 옮겨도 됩니다."

모든 것을 대기로 해 놓기를 잘했다. 나는 이내 가장 빠른 경비행기의 시간을 잡았다. 비행기는 한 시간 후 근처 비행장에 도착하고, 비행장까지 에릭을 데려다줄 구급차는 45분 후에 오기로 되었다. 에릭의 엄마는 비행기에 동승하기로 했고, 아버지는 에릭의 기숙사에서 짐들을 챙겨 밤 비행기로 워싱턴으로 돌아가기로 했다. 그때까지 중환자실 보호자 대기실을 점령하고 있던 에릭의 친구들은 대학 관계자와 개인 면담을 한 후 각자의 위치로 돌아갔다.

오후 8시 경비행기 이송 의료 팀이 도착했다. 나는 의료 팀들에게 에릭의 상태를 자세히 전달한 후, 허둥대는 에릭 엄마의 손을 잡고 워싱턴에 도착해서 해야 할 일들을 차근차근 일러 주었다. 그리고 진료기록, 비행기 안에서 입을 얇은 스웨터, 멀미약, 소지품들을 챙겨 주었다. 에릭의 엄마는 의료 팀이 에릭을 옮길 준비를 하는 동안 한마디도 하지 않고 어둠이 내려앉은 창밖만 내다보았다. 얼마나 많은 생각들이 그녀의 머릿속을 지나가고 있을까. 그렇게 에릭은 엄마의 가슴에 안겨 고향으로 돌아갔다.

퇴근이 많이 늦었다. 콜로라도의 달밤은 참으로 밝다. 난 음악 시간에 목청껏 불렀던 노래 속의 도시에 살고 있다. 너무 밝아 슬픈 밤하늘. 와인 한 잔이 없으면 잠이 올 것 같지가 않다. 에릭 엄마의 쓸쓸한 뒷모습이, 축 처진 어깨가 달빛 속에서 어두운 실루엣이 되어 멀어진다.

에릭이 안전하게 도착했다는 전화를 받은 것은 다음 날 아침이었다. 에릭은 의식이 돌아올 기미도 없이 평온하게 잠들어 있단다.

“에릭, 빨리 깨어나렴. 그리고 차가워진 엄마의 가슴을 조금만 덥혀 주렴!”

혼잣말을 중얼거린다. 푸른 하늘 때문일까. 멀리 낮달이 보인다.

처음을
맞이하거나

마지막을
배웅하거나

지난밤엔 밤새 바람이 불었다. 윙윙대는 바람 소리와 나뭇가지가 흔들리는 소리에 잠을 뒤척이다가 선잠이 깼다. 처음 겪는 코로나19 상황에 이런 생각을 해 본다. 지금 내가 현직에 있었다면 어땠을까. 모니터의 빨갛고 노란 사인을 쳐다보며 환자의 상태를 살피고, 링거와 약들을 챙기며 종종걸음을 쳤을 것이다. 어쩌면 호스피스 병동에 있었을지도 모른다.

호스피스 병동은 내가 중환자실 다음으로 선호했던 병동이다. 중환자실에서 돌보던 환자가 일반 병동으로 옮겨 가면 근무시간에도 맡은 환자가 없을 때가 가끔 있었다. 그럴 땐 자원하여 호스피스 병동에 도움을 주러 가곤 했다. '죽음 앞의 삶'에서는 그 어느 죽음도 쉽거나 편하지 않다. 하지만 내가 그 자리에 함께함으로써 임종을 맞는 이들이나 그 가족에게 도움이 된다면 기꺼이 할 수 있는 일이었다. 죽음은 삶의 어느 한 시점이며, 선택의 여지 없이 한 번은 마주해야 하는 시간이다.

임종하기 직전 마지막 가는 길에 고통을 덜어 주고 편안하게 해 주는 곳이 호스피스 병동이다. 대부분의 경우, 환자의 가족과 친한 친구들이 마지막 가는 길을 배웅하기 위해 환자를 찾아온다. 더러 울고불고하면서 슬퍼하기도 있지만 대체로 차분하다. 방은 혼자 있는 독방이고, 조명은 간접조명으로 그리 밝지도 아주 어둡지도 않은 부드러운 빛으로 준비한다. 실내 온도도 따뜻하게 조절하고 꽃도 하나 꽂아 둔다. 환자가 좋아했던 꽃이면 더없이 좋겠지만, 여의치 않으면 그 계절의 꽃을 꽂아 둔다. 차분한 음악도 틀어 놓는다. 그리고 환자의 자녀나 배우자에게 침상 옆에 앉아서 계속 이야기를 하게 한다.

미안한 일이 있으면 그에 대한 이야기를, 사랑하면 사랑한다는 표현을, 추억이 많으면 그 아름다운 기억을 계속 이야기하게 한다. 조용한 목소리로 귀에 가까이 대고 말이다. 임종을 할 때, 사람의 감각 중에서 가장 오랫동안 남아 있는 것이 청력이라고 한다. 그러므로 환자가 듣는 이야기에 말로 대답은 못 하더라도 신체 반응은 할 수 있다는 것이 정설이다.

영화나 연속극에서 보면 임종을 앞둔 이가 가족들의 "미안해, 사랑해"라는 말에 눈물을 흘리거나 손을 가만히 쥐기도 한다. 임종간호 시 종종 볼 수 있는 일이다.

지인들은 가끔 내게 그런 말을 한다. 중환자실에 오래 근무해서 죽음에 초연하겠다고. 그러나 어느 죽음도 쉽지는 않다. 임종간호를 받으러 온 환자가 의식이 있는 경우에는 여기가 이승에서 마지막으로 머무는 곳이라는 생각에 초조하고 불안해한다. 그리고 말기암 환자인 경우에는 전신의 고통으로 몸부림치기도 한다. 진통제를 주고 신경안정제를 투약하며 그들이 가는 길이 편안하기를 진심으로 바란다. 진정으로 기도하는 마음이 될 수 있는 곳이 호스피스 병동이다. 이 세상에 왔다가 마지막 떠나는 길에 내가 조금이라도 편안한 환경을 만들어 줄 수 있다면, 떠나는 사람이나 남겨진 사람들이나 얼마나 감사한 일일까.

엊그제는 40년 지기 친구가 이달의 간호사로 뽑혀 지방신문에 기사가 났다고 소식을 전해 왔다. 코로나19 사태로 산모가 두려워했으나 내 친구의 미소가 임산부의 불안을 없애 주었고, 따듯함이 온몸으로 느껴져 안심하고 건강한 아기를 낳을 수가 있었다는 것이었다.

내 친구는 나의 중환자실 경험을 부러워했고, 난 친구의 포근함과 여유를 부러워했다. 인생의 시작을 함께하는 내 친구 같은 간호사도 있지만 죽음을 목전에 둔 이들을 보살피는 호스피스 간호사도 있다. 우리 간호사들은 일하는 병동이 어디든 맡은 환자를 위해 최선을 다한다. 시시각각 바뀌는 환자의 상태에 따라 발 빠르게 움직이는 중환자실 간호사도 있고, 환자의 원활한 회복을 돕는 일반 병동도 있다.

봄에 씨를 뿌리면 계절을 따라 새싹이 나고 여름이면 제법 어우러진 화단을 만드는 것처럼, 간호사들도 작은 자신의 자리에서 맡은 일을 다하며 다른 의료진과 하나되어 환자의 간호에 최선을 다한다. 잎이 내가 가장 좋아하는 색깔인 짙은 초록으로 물들며 단단해지고 알록달록한 다른 꽃들과 어우러져 조화를 이루듯, 우리들 역시 각자 제자리에서 환하게 피어날 때, 아름다운 여름의 꽃밭을 이뤄 낼 수 있다.

이어 가을의 익은 모습으로 성장할 수도 있다. 겨울이 되면 희고 포근한 눈 이불을 덮어 주며 따듯한 마음이 되기도 할 것이다. 그렇게 또 계절은 오고 또 계절은 갈 것이다. 우리 간호사들도 계절의 변화 속에서 나름의 아름다운 색깔로 풍요로운 화단을 만들고 또 이어 가고 있겠지.

혼자인 건

참
무서워

"우리 병동에 한국인 할머니 환자가 새로 입원했는데, 영어를 잘 못하셔. 시간이 나면 와서 좀 도와줄래?"

암 병동 11층 케이스 매니저가 부탁해 왔다. '한국인 환자' 그것도 '영어를 잘하지 못하는 한국인 환자'가 있다면 난 반드시 시간을 내어 도와드린다. 어떤 경우에는 내 일을 뒤로 미뤄야 할 만큼 시간이 많이 걸리지만, 영어도 잘하지 못하는데 생소하기만 할 병원 용어까지 맞닥뜨려서 얼마나 낯설지를 생각하면 당연히 도와야 했다.

시간이 되는대로 가 보기로 하고 미리 환자의 병력을 알아보기 위해 환자의 이름과 병실 번호를 물었다. 앤 존슨, 이름만으로는 한국인임을 전혀 짐작할 수 없었다.

환자가 미국으로 건너온 것은 1960년. 이후 한국을 방문한 적이 없었다고 했다. 병명은 자궁경부암과 폐암. 상당히 진행된 상태라고 기록되어 있었다.

오전 회진이 끝나고 시간적 여유가 조금 생겼다. 환자의 병실로 찾아가 문을 두드리며 한국말로 인사를 건넸다.

"할머니, 안녕하세요. 저는 한국인이고요, 케이스 매니저입니다. 간호사이기도 하지요. 할머니를 도와드릴 거예요. 병원에 계신 동안 불편한 것은 없는지 살피고 편안하게 퇴원하실 수 있도록요. 그러니까 특별 간호사예요."

환자는 갑작스러운 상황에 당황했는지 악센트가 심한 어눌한 영어로 대답했다. 한국말로 편안하게 대답하셔도 된다고 다시 말을 건네자 그제야 한국말을 했다.

병은 생각보다 심각했다. 할머니는 암으로 인한 통증은 견딜만하지만 힘들게 차오르는 숨과 자궁 경부에서 흘러나오는 악취 나는 분비물을 처리하는 게 제일 힘들다고 했다.

"옛날에 한국에서 쓰던 개짐 같은 게 있으면 좋겠어."

개짐이 무엇인지 언뜻 생각나지 않았다.

"애기 엄마는 젊어서 그런 거 모르는가? 생리대 같은 것 말이야."

그러고 보니 옛날에 신부가 시집가는 날 다홍치마에 가마를 타는 풍습이 생긴 연유가 어렴풋이 생각났다. 색시가 시집가는 가는 날이 마침 생리 기간이면, 천으로 만든 개짐을 해도 가마에 오랜 시간 앉아 있으니 피가 속옷 밖으로 새어 나왔다. 붉은색 치마를 입으면 생리혈이 묻어도 티가 안 났기에, 혼인날 새색시에게 다홍치마를 입혔다는 설이 있다.

"아기용품 파는 곳에 가면 면으로 만든 기저귀가 있을 텐데 필요하면 사다 드릴까요? 근데 신생아용이라 사이즈가 맞을지는 모르겠네요."

그래도 몇 개 사 와 보라며 지갑을 연다. 사 온 뒤에 돈을 달라고 손을 내젓는 나에게 할머니는 지갑에서 흑백사진 한 장을 꺼낸다. 화려한 원피스를 입고 머리엔 커다란 나비 리본을 맨 앳된 여자와 백인 병사가 웃고 있었다. 수시로 꺼내 보았을 사진은 귀퉁이가 허옇게 닳아 있었다.

"옛날 사진인가 보네요?"

"그렇지."

할머니가 얼굴을 돌려 창을 내다본다.

때마침 회진을 돌던 암 전문의가 병실로 들어왔다. 의사는 환자와의 대화에 어려움이 있었는데 내가 옆에 있으니 잘되었다며 할머니에게 여러 치료 방법들을 알려 주었다. 하지만 할머니는 고개를 설레설레 저으며 모든 치료를 거부했다. 그리고 편안히 갈 수 있는 호스피스를 택했다.

암 전문의는 할머니의 선택에 전적으로 동의하지만 급하게 결정을 하지는 말라며 내일까지 다시 생각해 보라는 말을 남기고 병실을 나갔다. 이럴 땐 내가 옆에서 이야기를 많이 하는 것보다는 환자 혼자 생각할 시간을 주는 편이 좋다. 그래야만 자신에게 최선의 방법을 선택할 수 있기 때문이다. 간호사, 의사, 케이스 매니저, 호스피스 간호사는 각자 다른 의견을 내놓을 뿐이다.

우리는 병원 내 호스피스 간호사를 가끔 '죽음의 전령사'라고 부른다. 그녀는 항상 삶의 질을 강조하며 무의미한 생명 연장을 반대하기 때문이다. 따라서 어떤 의사들은 그녀가 자신의 환자를 보는 것을 절대 반대한다. 그녀를 만나 본 환자들은 모든 치료를 포기한 채 호스피스로 가겠다고 하기 때문이다. 암 전문의들 대부분은 환자를 마지막 순간까지 최선을 다해 살리려고 하는데 말이다.

다음 날, 나는 할머니 병실로 다시 찾아갔다. 할머니의 이야기는 계속되었다. 할머니는 한국전쟁이 끝난 후, 미군 병사였던 남편을 따라 미국에 왔다고 했다. 한국에서 살던 곳은 동두천. 현재는 할머니 혼자 산단다. 아이는 없고 남편 쪽의 친척과는 전혀 교류가 없다고 했다. 결혼 후 처음 남편을 따라 미국에 왔었을 때 오클라호마주의 어느 작은 마을의 시댁에 갔었는데 그것이 처음이자 마지막이었다. 시부모들은 그때도 연로하였으니 이미 이 세상 사람들이 아닐 것이라고 할머니의 추측했다.

할머니가 기억하는 한 남편은 자신의 집에다 전화를 건 적도 없었다. 남편은 부대를 이리저리 옮겨 다니면서도 누구에게도 연락했던 적은 없었다. 두 사람은 한곳에서 오 년 정도 소꿉장난 같이 살다가 발령을 받으면 짐을 싸서 또다시 옮기는 철새 같은 인생을 살았다. 그리고 이곳에서 정년을 맞아 제대한 뒤 지금까지 살고 있었다.

할아버지는 치매가 심하여 동네 요양원에 있었다. 할머니는 매일 가던 면회를 벌써 며칠째 거르고는 할아버지가 잘 지내는지 걱정했다. 이미 암 병동의 케이스 매니저가 요양원에 연락하여 할아버지의 유일한 연고자인 할머니가 우리 병원에 입원한 사실을 알렸다.

할머니도 한때는 한국의 가족과 연락하며 지냈었다. 그러나 가족 모두에게 자신이 짐이 되는 것 같아 인연을 끊었다고 한다. 할머니는 자식을 낳으려고 노력도 했으나 임신이 되지 않았다.

"할아버지를 요양원에 보내드리고 혼자 사신 지 일 년이 다 되어 가네요? 교회는 다니세요?"

"몇 번 나갔는데 지금은 안 다녀. 그런데 애기 엄마가 보기에도 내가 살 가망이 없는 중한 병인가?"

할머니가 새삼 물었다. 늘 듣는 질문이지만 늘 답이 궁한 질문이다. 나는 이런 질문을 받을 때면 가끔은 애매하게 끝을 흐리고, 또 가끔은 확실하게 답을 한다. 어느 답이 되었든 쉽지는 않지만 상황에 따라 답은 다르다.

"그런 것 같아요. 암이 상당히 진행되었어요. 한국에 가족이 있으시면 연락하시고 남편 쪽 친척들에게도 연락하시는 편이 좋을 것 같네요."

환자 본인이 병의 위중함을 잘 파악하지 못하는 것 같아서 극단적인 답을 택했다. 그래도 할머니의 대답은 마찬가지였다.

"우리 부부에게는 아무도 없어. 친척도 친구도. 오랫동안 둘이 서로 의지하며 살았는걸. 살만큼 살았으니 이제 편안하게 가면 되지, 뭘 그리 애걸복걸하겠어."

할머니의 말끝이 흐렸다. 그러나 실제 죽음과 마주하기까지는 아직 시간이 있다. 할머니 혼자 집으로 돌아가면 산소를 공급하거나 자궁 경부의 분비물을 처리할 때 도움이 필요할 텐데 걱정이었다. 영양이 충분한 식사, 적당한 운동, 상황에 따른 진통제 등을 챙겨 줄 사람이 옆에 없다는 것도 문제였다. 지금까지는 할머니 혼자 운전도 하고 시장도 보고 할아버지 면회도 갔는데, 퇴원하면 당장 운전부터 어려워져 일상에서 커다란 불편을 겪을 것이다. 혼자 얼마나 더 그 생활을 할 수 있을지 알 수 없었다.

할머니와 이야기를 나누는 동안 중환자실에서는 벌써 서너 차례 전화가 왔다. 나는 한국의 친척들과 연락할 전화번호를 나에게 알려 주면 대신 전화를 걸어 드리겠다는 말을 남기고 병실에서 나왔다.

퇴근 전, 다시 할머니의 방을 찾았다.

"꽃을 참 좋아했어. 꽃병에 꽂힌 꽃 말고 마당에 핀 꽃들 말이야. 이른 아침 햇살에 이슬을 머금고 피어나는 나팔꽃을 보면 자신감이 생겼어. 나도 그렇게 활짝 필 수 있겠더라고. 분홍색 분꽃에 씨가 까맣게 맺히면 그걸 곱게 갈아서 하얀 가루로 분칠도 했지. 대문간의 작약은 참 늠름했는데. 그건 그렇고. 오, 애기 엄마 지금 참 섹시하네. 검은 스타킹도 그렇고, 입술 색도 그렇고, 남편이 좋아하겠어. 호호호."

바쁜 시간을 내서 왔는데 꽃과 내 차림새에 대한 이야기가 길어지면 어쩌나 싶었다. 난 할머니의 말이 참 당황스러웠다. 내 차림새를 보고 지금까지 그 누구도 섹시하다고 한 적이 없었기 때문이다. 나는 단정하게 입고 다니는 편이다. 목이 깊게 파였거나, 소매가 없거나, 꽉 끼는 옷은 절대 입지 않는다. 그런 나에게, 왜 섹시하다고 하셨을까. 어쩌면 일종의 찬사가 아닐까 하는 생각도 들었다. 나는 당황스러움을 감추고는 생글거리며 물었다.

"아까 말씀드린 건 생각해 보셨나요. 할아버지가 입원 중이

신 요양원으로 가시겠어요? 그곳에서도 임종간호를 받을 수 있거든요. 그리고 한국 연락처는요?"

"그래. 아무래도 영감 있는 데가 낫겠어. 혼자 집으로 들어가면 더 쓸쓸하고 을씨년스럽겠지. 입원해 있느라 비워 둔 집이니 더 그럴 거야. 한국 연락처는 정말 없어. 연락 끊고 산 지가 벌써 몇 년인데."

"그래도 한 번쯤은 연락해야 하지 않겠어요? 어쩌면 다시는 못 만날 가족들인데요."

"가족? 그런 거 잊은 지 오래야. 애기 엄마는 화목해서 모르는 모양인데. 집이 싫어 뛰쳐나온 나 같은 사람에게 가족들은 그저 힘겨운 존재일 뿐이야."

"그래도 오래전 이야기고 한국에서는 할머니를 찾을 수도 있잖아요."

"연락된 적이 있었지. 나도 사람인데 왜 그립지 않았겠어. 그런데 한국 가족들은 내가 미국 영감 만나서 팔자를 굉장하게 고친 줄 알더라고. 군인들이 그렇잖아. 그냥저냥 연금받고 살 수 있는 정도지. 요구하는 돈을 만들어서 줄 수는 없었어. 그렇다고 영감에게 이야기하기는 죽기보다 싫었지. 영감도 가족이랑 연락을 안 하는데, 오랜만에 연락이 닿았다는 생면부지의 한국 가족이 돈을 보내라고 했다면 오죽하겠어. 언니였지. 비닐하우스를 한댔

나. 그건 그렇고 빨리 퇴원하게 해 줘. 영감이나 잘 있나 보게. 근데 말이지, 혹시 나에게 무슨 일이 있으면 애기 엄마가 와 줄 수 있어?"

아무렇지도 않게 엮어 가는 이야기 속에서 할머니의 외로운 얼굴을 읽었다면 나의 과장일까. 검버섯이 핀 주름진 손등과 문신 자국이 선명한 검은 눈썹 사이로 쓸쓸함이 번졌다. 내 이름과 연락처를 한국말로 커다랗게 써 드리면서, 그러시라고 하자 언뜻 눈물을 글썽이며 내 손을 꽉 잡는다.

"고마워 애기 엄마, 혼자인 건 참 무서워!"

다음 날, 할머니는 요양원으로 퇴원하여 임종간호도 함께 받기로 했다. 그리고 난 할머니를 잊어버렸다. 바쁘다는 핑계도 있었지만 쪽지를 드린 것으로 의무를 다했다고 생각했다. 그리고 당연히 연락이 올 것이라는 나름의 믿음도 있었다.

그렇게 몇 달이 지나고 어느 날 문득 할머니로부터 연락을 받지 않았다는 사실이 떠올랐다. 바로 요양원에 전화를 걸었다. 요양원에서는 환자의 개인정보관리법을 운운하며 어떤 이야기도 해 주지 않았다. 나는 환자와의 관계를 장황하게 설명한 후에야 조심스러운 답을 들을 수 있었다.

할머니는 내가 적어 드린 쪽지를 잃어버렸던 모양이었다. 돌아가신 후에도 연고자가 나타나지 않아 시 당국이 사후처리를 했단다. 간단한 장례를 치르고 질병으로 돌아가셨으므로 화장하여 뿌렸단다. 살던 집도 시 당국이 처리해서 할아버지 병원비로 적립했다고 한다. 치매가 심해진 할아버지는 아내의 죽음을 전혀 모른 채 요양원에 누워 계시며, 할아버지가 돌아가셔도 시 당국에 연락하여 똑같이 처리할 것이란다. 할머니는 한국인이었는데 영사관에 연락해서 연고자를 찾을 생각은 해 보지 않았느냐고 묻자, 요양원이 가진 기록에는 미국인이라고 되어 있다는 답이 돌아왔다.

좀 더 일찍 연락했어야 했는데, 너무 늦은 후회였다. 조금만 더 신경을 썼더라면 그렇게 혼자 임종을 맞게 하지는 않았을 텐데. 무슨 일이 생기면 옆에 있어 드리겠다고 했던 무심한 나의 약속이 지키지 못한 공수표가 되어 이렇게 돌아왔다. 죄스러워 코끝이 찡했다.

가슴으로 서늘한 바람이 불어 든다. 낯선 땅에서 남편 하나만 바라보고 평생 살았을 여인. 어떤 사연을 한국에 두고 떠났을까. 두고 온 고향에 돌아가지 못한 여인. 얼마나 가슴이 시렸을까. 가끔은 석양이 넘실대는 서쪽 하늘을 바라보며 구름의 끝으로 내려앉은 고향의 이야기들을 그 누구와 두런두런 나누고 싶지 않았을까. 비라도 주룩주룩 내리면 뜨끈한 온돌이 생각나지는 않았을까. 하늘나라에서 옛 가족들을 만나면 서로 알아볼 수는 있을까.

철저히 혼자였고 이승을 떠나는 그 시간까지 혼자였던 여인. 이젠 그 외로움을 내려놓고 하늘나라에서는 따스한 손을 마주 잡고 회포를 풀었으면 좋겠다. 먼 이국땅에서 외롭게 살았던 지난 시간은 모두 잊어버리고. 혼자 길 떠나는 할머니에게 개나리와 철쭉, 산유화 흐드러지게 핀 한국의 봄날 엽서를 한 장 부친다.

2부

마지막까지 고마움을 남기고

나는
당신을 통해
살아갑니다

나를 기억해 주세요

내 눈을 드립니다.
살면서 한 번도 노을을 보지 못했던 당신
엄마의 사랑스러운 시선을 알지 못하는 작은 아기
내 눈을 빌려 세상을 보세요

일상처럼 반복되는 고통 속에서 누군가의 심장을 기다리는 당신
내 튼튼한 심장을 드립니다.

내 뜨거운 피는

자동차 사고로 피를 흘리는 청년이 있다면 그에게 주세요.

훗날 그가 손자들의 재롱을 볼 수 있을지도 모르잖아요.

내 신장은

평생 기계에 의존해서 몸 안의 노폐물을 제거해야 하는

사람에게 주세요.

내 뼈와 신경조직과 단단한 근육은

선천적으로 기형인 어린아이들에게 주세요.

아이들이 걸을 수 있게

내 뇌는

한 부분씩 잘게 나누세요.

말하지 못하는 소년에게는 언어의 뇌를

듣지 못하는 소녀에게는 청력의 뇌를 주세요.

소년이 자신 있게 소리칠 수 있도록

소녀가 창을 두드리는 빗소리를 들을 수 있도록

그리고 내 영혼은

잠시나마 내게 생을 허락하신 나의 신, 당신께 드립니다.

만약 당신이 나를 기억하신다면

따뜻한 말로 '내게 꼭 필요했던 사람'이라고 말해 주세요.

이렇게 해 주신다면 난 당신 안에서 영원히 살 수 있을 것입니다.

_세상을 떠나며, 마크

장의사가 전해 준 엽서의 앞면에는 공군 조종복을 입은 마크의 사진이, 뒷면에는 그가 어디선가 인용한 시가 적혀 있었다. 시는 그의 자살 노트이자 리빙 윌Living will(생전 유서)이었다.

당시 내가 살던 콜로라도스프링스는 미국 중부의 산간 지역으로 로키산맥 끝자락에 위치해 있다. 이 도시의 가장 큰 자랑거리는 공군사관학교다. 한국의 사관학교처럼 미국의 사관학교도 명성이 높아서 미국 전역의 인재들이 몰려 입시 경쟁률도 상당하다.

마크는 공사 4학년생이었다. 그는 조종이 특기인 유능한 사관생도로 졸업과 동시에 소위 계급을 달고 부대 배속을 기다리고 있었다. 장래가 촉망되던 유능한 청년 마크가 왜 자살이라는 극단의 방법을 택했는지 알 수가 없었다. 다만 일기에 따르면 그는 미리 죽을 준비를 했고 확실한 죽음을 준비한 흔적이 역력하다는 것이었다.

아침에 샤워를 마친 마크의 룸메이트는 언제나처럼 그에게 함께 식당에 가자고 했다.

“마크, 아침 먹으러 가자.”

“오늘 속이 좀 안 좋네. 혼자 다녀와.”

“그래? 어느 정도이길래. 괜찮은 거야?”

“응. 괜찮아. 올 때 매점에서 소화제를 사다 줄 수 있을까”

그렇게 마크의 룸메이트는 혼자 아침을 먹으러 갔다. 아침 식사가 끝나고도 매점 문이 열리기까지 20분 정도 기다려야 했다. 룸메이트는 다른 친구들과 함께 커피를 마신 후 소화제를 구입해 방으로 들어갔다. 그런데 방문이 굳게 잠겨 있었다.

룸메이트가 방문을 한참을 두드려도 마크가 열지 않자 사감을 불러 마스터키로 문을 열었다. 방 안에는 아무도 없었다. 룸메이트는 몇 번이나 마크를 불렀지만 대답은 없었다. 평소답지 않은 상황이었지만 마크가 먼저 나갔다고 대수롭지 않게 생각했다. 룸메이트도 강의 준비를 위해 제복을 갈아입으려 벽장 문을 열었다. 그런데 그곳에 허리띠로 목을 맨 마크가 있었다.

룸메이트는 혼비백산이 되어 밖으로 뛰어나가 옆 방문을 두드렸다. 친구들이 합세해서 마크를 끌어내렸고 심폐소생술을 시작했다. 구급차도 불렀다. 하지만 마크의 호흡은 거의 멈춘 상태였다. 병원에 도착한 마크는 곧장 중환자실에 입원했다.

마크가 병원에 도착하고 곧 부모가 달려왔다. 얼마 지나지 않아 두 명의 형들도 병원으로 왔다.

"마크가 오랫동안 우울증을 앓았어요. 약물요법이 잘 들어서 그래도 많이 나아진 줄 알았어요. 통화할 때도 밝게 잘 있는 것처럼 보였어요."

가족도, 친구도 다들 별 걱정을 안 했던 것 같다. 그러나 정작 본인은 점점 더 깊은 수렁에 빠져들었다. 죽음의 유혹에서 벗어나지 못했고 철저히 자살 계획을 세웠다. 문을 안에서 잠근 것이며 매점의 문 여는 시간까지 계산해서 룸메이트에게 말한 것, 그리고 일기에 자살 계획을 기록한 것과 리빙 윌 같은 한 편의 시를 남긴 것 등이 그를 뒷받침하고 있었다.

마크는 치열한 경쟁률을 뚫고 공군사관학교에 입학했고 가장 우수한 학생만 얻을 수 있다는 조종 특기를 취득했다. 이듬해 5월이면 임관이 예정되어 있던 그는 학업성적도 전교 5위 안에 들 정도로 우수하여 졸업식 때 사관학교장 상을 수상하기로 되어 있었다.

엽서 속의 마크는 환하게 웃고 있었다. 미소 뒤에 어떤 고통이 있었을까. 우울증은 정신질환의 하나지만 신체, 특히 뇌 안의 화학적 리듬이 깨지면 생길 수도 있는 기질적 질환으로도 알려져 있다. 어떤 물질이 뇌에 영향을 미쳐 하나의 생각에만 몰입시키는 것. 그 물질이 무엇인지, 어떤 기전으로 뇌에 영향을 주는지는 아직 이론적으로 확실하게 정립되지 않았다. 행복감을 조절하는 세로토닌이라는 신경전달물질과 우울증이 연관이 있는 것으로 알려져 있어서 대부분의 항우울제는 세로토닌을 조절하는 약물들이다.

또 하나 흥미로운 것은 쇠고기와 닭고기에는 세로토닌이 풍부해서 기분을 좋아지게 하는 식단으로 적극적으로 활용된다는 점이다. 그런데 마크는 채식주의자였다. 물론 이런 것들이 아직 확립된 이론은 아니다. 다만 우울증 환자들의 정황들로 미루어 추측해 볼 뿐이다.

어찌 되었거나 우울증은 심각한 질환이다. 환자 스스로 병을 인정하고 도움을 청할 때만 치료가 가능하다. 그런데 마크는 가족들과 떨어져서 기숙사 생활을 했고, 최고로 어렵다는 파일럿 과정을 수료하며 '잘해야 한다'는 심리적 부담감이 너무나 컸던 것 같다. 누구가에게 도움을 청하기엔 스스로의 생각에 너무 깊이 빠졌고, 어쩌면 완벽한 신체와 정신을 요구하는 사관학교의 엄격한 학제가 높은 벽이 되어 스스로 그 안에 갇힌 것은 아니었을까 싶다.

골똘하게 제 생각에만 빠져서 자살만이 최선이라고 결론을 내리고 철저하게 계획을 세우고 홀로 죽음을 준비하면서 그는 얼마나 쓸쓸했을까.

마크의 아버지와 큰형은 공군사관학교 출신이었다. 큰형은 현재 공군에 복무 중이었고 아버지는 전역 후 조종사로 일하고 있었다. 마크의 가족들은 생각보다 침착했다. 엄마조차도 아주 의연하게 아들의 죽음을 대했다. 그리고 가족이 장기기증 동의서에 서명한 후 장기기증 팀이 병원에 도착하여 수혜자의 명단을 확인하고 수술 일정을 잡았다.

안구, 폐, 두 개의 신장, 심장, 췌장, 소장의 일부, 간, 뼈, 피부 등 장기를 기증받을 사람들이 대기하고 있는 병원의 의사들과 장기기증 센터의 의사들이 속속 도착했고 마크는 수술실로 옮겨졌다. 마크는 소원대로 하나도 남김없이 주고 떠났다. 홀연히 떠난 그를 통해 10명이나 되는 사람들이 새로운 희망을 갖게 되었다.

그리고 장의사가 보내온 엽서 속의 마크는 환하게 웃으며 손을 흔들고 있었다.

"잘 다녀갑니다. 길지는 않았지만 이제는 편안합니다. 여러분들을 통해 나는 영원히 삽니다."

사진 속의 마크는 그렇게 말하는 것 같았다.

마크가 떠나고 몇 달 후 나는 우연히 참석한 세미나에서 마크의 장기기증을 담당했던 코디네이터를 다시 만났다. 그녀는 놀라운 이야기를 전했다.

“마크가 옷장에서 목을 맬 결심을 한 그 시간에, 그의 쌍둥이 형이 뉴욕 월가에서 일하고 있었대요. 그런데 갑자기 전신이 마비되는 듯 숨이 막히면서 말로 표현할 수 없는 공포가 밀려들었다네요. 그렇게 10분이 지난 후에야 편안해지며 괜찮아졌다고요.”

그리고 그날 오후, 그는 전화로 쌍둥이 동생 마크의 사고를 알았다고 한다. 그는 그때의 상황을 엄마한테 이야기하며, 자신이 편안해졌던 것처럼 마크도 편안해졌을 것이라고 말했단다.

마크의 엄마는 마크가 죽기 몇 달 전 교통사고로 한쪽 턱뼈를 다쳤다. 마크가 장기를 기증하면서 남긴 뼛조각이 엄마의 턱에 이식되었다. 엄마는 아들이 자신의 몸속에 살아 있는 것 같아 하루하루 감사한 마음으로 살고 있단다. 한편 마크의 장기를 이식받은 사람들은 모두 건강을 회복했다. 그들은 서로 연락망을 조직해서 한 가족처럼 지내기로 했다.

마크는 길게 살지는 않았지만 사는 동안 최선을 다했던 것 같다. 마지막 선택만 제외하고 말이다. 어쩌면 그 선택마저 그에게는 최선이었는지도 모르겠지만. 한 사람의 죽음으로 질환으로 고통받던 여러 사람이 편안해질 수 있었다. 그들은 마크의 희생으로 삶의 희망을 찾았다. 마크가 주고 간 것들은 봄날 싹을 틔우는 새잎이 되었고 한 가지에서 함께 머무르게 되었다. 여린 봄잎은 머지않아 한여름의 짙은 녹음이 되리라. 희망을 잡고 새잎을 기다리던 이들을 위해 마크는 그렇게 모질고도 모질게 이생을 떠난 것일까.

마크의 자살을 보면서 죽음을 바라보는 너무나도 다른 나의 시선에 스스로도 놀랐다. 자살이라는 방법에는 화가 났지만 그가 죽은 뒤에 한 일은 다른 이들과 많이 달랐다. 마크처럼 아낌없이 주고 가는 사람도 있지만 병력이나 가족의 반대로 주고 싶어도 그렇게 못 하는 경우도 있다. 자살에 동조하는 것은 아니지만 한 청년의 생명이 부질없이 스러지지 않았고 커다란 나무가 되었다. 마크의 장기를 기증받은 이들은 나무의 줄기가 되어 생명을 이어 간다. 마크가 그들을 통해 살고 있음을 증거하며 그 기억을 함께 나누고 싶었다.

제발

이 약을
한 번만
써 주세요

수취인의 주소와 이름 스펠링이 좀 틀렸던 탓에 돌고 돌아온 카드 한 장. 봉투를 보니 카드는 발송일로부터 한 달이나 지나 있었다. 보낸 곳은 한국. 발송인의 이름을 보자 그의 아버지를 중환자실에서 간호했던 기억이 났다. 무슨 일로 편지까지 보냈을까. 카드 겉면에 붉은 장미 두 송이와 금빛 글씨로 'Thank you'라고 쓰여 있다. 카드 안쪽에는 정성 들여 쓴 손글씨가 빼곡하다.

성심으로 간호해 주신 간호사님. 정말 감사했습니다.

그해 5월 어느 날, 환자 성이 'Kim'이란 것을 알았을 때 난 그 환자를 맡겠다고 자청했다. 심한 뇌출혈로 의식이 없는 환자. 한국에서 환자의 가족들이 오는 중이라 인공호흡기에 의지해 생명을 연장하고 있었다. 어떤 약물을 투약해도 혈압이 떨어지지 않는다는 것도 간호기록을 보고 알았다. 그의 의식이 돌아오기를 기대하는 건 '기적'을 바라는 일이었다.

50년을 동고동락했다는 부인은 충격이 컸을 텐데 의연하게 침상 옆에서 끊임없이 기도했다. 남편은 그날 아침까지도 계단을 오르내릴 정도로 건강했단다. 그 작은 동네에 오래전 한인 교회를 세운 목사였던 그는 다음 달부터 새로운 곳에서 새롭게 시작할 새 교회의 사목을 기대하며 준비 중이었다.

병원에 오고 이틀이 지나서야 가족들이 모두 모였다. 한국에서 온 큰아들은 영험하다는 민간 약제를 하나 가져와서 쓰게 해달라고 했다. 주치의는 의학적으로 검증되지 않은 약제로 병세가 나아질 수 없다고 했지만, 큰아들은 마지막으로 아버지에게 자식으로서의 도리를 하고 싶다고 했다. 어떤 의료진도 의사의 처방 없는 민간요법을 실행할 수는 없다. 해야겠다면 환자를 집으로 옮겨서, 집에서 가족들이 환자에게 직접 하는 수밖에 없었다. 그러나 문제는 환자의 상태였다. 임상학적으로 환자는 인공호흡기를 제거하면 운명할 것이 거의 확실했다. 환자는 오로지 인공호흡기에 의존해 호흡을 유지하고 있었다.

"병원에서는 처방 없는 시술은 할 수 없어요. 집에 가셔서 하는 것까지야 저희가 말릴 수 없지만 지금 아버님의 상태로 봐서는 인공호흡기를 떼면 바로 돌아가실 거예요."

인공호흡기는 병원 내에서 그것도 중환자실, 응급실, 수술실에서만 사용되는, 다루기 무척 힘든 기구라는 것도 알렸다. 따라서 퇴원해 집으로 가는 것은 거의 불가능한 일이라고 하자 큰아들이 나에게 간절히 부탁했다.

"한국 분이시잖아요. 그러니 저희 마음, 누구보다 잘 이해할 수 있잖아요. 자식으로서 마지막으로 이 약을 한 번 쓰고 싶어요. 어떤 의료 책임도 묻지 않을게요."

간호사 생활을 제법 오래 한 데다 한국인의 피라 들끓는 '정'에 가끔씩 한국 환자를 만나면 특별히 신경 써서 간호했다. 하지만 의사처방이 없는, 그것도 한국에서 가져온 성분을 알 수 없는 약을 주사해 달라는 건 들어줄 수 없었다. 나는 면허를 가진 의료인이기에, 성분이 모르는 약을 주사한다는 것은 명백한 불법 의료 행위였다. 그러자 이번엔 부인까지 나서서 간곡하게 부탁했다.

"알아요. 불법이라는 거. 저희가 곤란한 말을 한다는 것도요. 하지만 얼마나 절실하면 저희가 이러겠어요. 주치의를 한 번만 더 설득해 주시면 안 될까요? 제발요."

남은 가족들이 떠나는 사람에게 할 수 있는 최선의 방법을 하게 해 달라는 것, 못 한다면 가족들에게 평생의 한으로 남을 거라고, 이런 한국인의 정서를 주치의에게 설명해 달라는 것이었다. 주치의가 이 정서를 이해할 수 있을지 알 수는 없었지만, 그들의 간곡한 부탁을 외면할 수 없었다. 난 또다시 주치의에게 가족들의 요청을 설명했고, 주치의는 그 약을 '외부 약'이라고 임시 이름을 붙이고 나에게 주사할 수 있도록 처방을 내려 주었다.

약은 검은색의 딱딱한 덩어리였다. 덩어리를 조금 잘라, 주사용 멸균 생리식염수에 넣으니 짙은 녹색으로 변하면서 녹았다. 주사기에 담으니 20cc쯤 되었다. 그리고 서서히 정맥주사를 주었다. 그리고 20분쯤 지났을 때, 가족들이 요구하는 대로 인공호흡기를 제거했다.

호흡기를 떼면 바로 운명할 것 같았던 환자는 놀랍게도 자가 호흡을 계속했다.

"간호사님, 감사합니다. 이건 기적이에요. 민간요법이 효과가 있나 봐요."

가족들은 한목소리로 기적이라 말했다. 환자는 그렇게 인공호흡기를 뗀 채 호스피스 병동으로 옮겨 간 후에도 일주일이나 더 견디었다. 그동안 교인들이 차례차례 방문해 마지막 인사를 나누었다. 먼 곳에 있던 지인들도 찾아와 함께 기도하고 찬송하였다. 주치의는 농담처럼, 그 약이 무엇인지 좀 알아 오라고 했다. 그 약 말고는 무엇으로도 설명할 수 없는 일이었다.

난 중환자실 비번일 때마다 호스피스 병동을 방문하여 도울 일은 없는지 물었고, 그 과정에서 환자의 이야기를 들을 수 있었다. 당시 환자가 원로 목사로 있던 작은 한인 교회는 내분으로 힘들어하는 중이었다. 그래서 그는 새 교회를 열려고 준비하고 있었는데, 그가 쓰러지면서 계획은 물거품이 되었다. 교인들은 목사가 쓰러진 이유가 자신들에게 있다며 반성하기 시작했다. 그들은 병원을 찾아오며 화해를 시도했고, 함께 기도하고 찬송하며 상처를 치유했다.

그들의 화해와 통합을 위해 원로 목사가 할 수 있었던 일은 '목숨을 내놓는 일'이었을까. 그리고 민간요법으로 갈등을 봉합하는 충분한 시간을 벌었던 것일까. 그 일주일은 말 그대로 화해와 용서의 시간이었다.

며칠 후, 그가 잠자는 듯한 모습으로 하늘나라에 갔다는 전화를 받았다. 나는 장례 예배에서 그를 진심으로 애도하며, 교회의 분열에 가슴 아파하며 반성하는 이들을 볼 수 있었다. 사랑이라는 이름으로 다시 뭉친 그들 교회에 한인 커뮤니티의 일원으로 박수를 보냈다.

시간이 지났고, 환자와 그들의 이야기가 차츰 잊힐 무렵 이 카드가 내게 왔다. 큰아들은 문화가 다른 이곳에서 가족들의 입장을 주치의에게 자세한 설명해 준 것에 감사를 전했다. 덕분에 교회는 분열되지 않고, 다시 화합하여 잘 지내고 있다고 했다.

중환자실 간호사로서, 내가 할 수 있는 일을 한 것인데, 과분한 감사인 것 같아 마음은 송구스러웠다. 퇴근 후, 부인에게 전화를 드렸다. 딸을 따라 로스앤젤레스로 갈 준비를 한다며 기도할 때마다 나를 생각한다고 했다.

한인 커뮤니티가 그리 큰 것도 아니고 병원에선 유일한 한국 간호사여서 한국인이 입원하면 열 일을 제치고 성심껏 도와드렸다. 내가 꼭 해야 하는 일인 것 같은 의무감. 되돌아보면 이민자라는 동질감과 한국인의 정이 똘똘 뭉쳤던 시간들이었다.

붉은 카네이션과 백합이 가득한 꽃바구니 하나를 부인에게 보냈다. '오래오래 건강하세요'라는 카드도 하나 동봉했다. 작은 마음이지만 더불어 살고 있음에 감사했다.

전 재산을

병원 앞으로
남깁니다

유난히 추웠던 겨울이었다. 저녁이면 벽난로에 불을 지피고도 전기장판에 담요를 덮어야만 했다. 창밖에 바람 소리가 거셀수록 마음은 더 시리고 추웠다. 모든 게 얼어붙은 추위를 뚫고 따듯한 소식이 하나 찾아왔다. 앤이었다.

앤은 병원에서 함께 일하던 동료였다. 이 년 전까지 응급실의 케이스 매니저로 같이 일했는데 그때 나이가 73세였다. 자신의 사전에 은퇴는 없다고 호언장담하던 그녀가 일을 그만둔 것은 대장암 때문이었다. 정기검진에서 발견된 종양의 크기는 꽤 컸다. 즉시 조직검사를 했고 결과는 악성, 암세포였다.

앤은 치료 대신 수용을 선택했다. 모든 치료를 거부했고, 가족들과 함께 가족 여행을 떠난다는 연락을 받은 것은 지난해였다. 그리고 앤은 임종이 가까워지자 임종간호를 받기 시작했다. 그날, 함께 일했던 동료들은 내게 앤을 같이 만나러 가자고 전화를 걸어 왔다.

하얀 눈이 펑펑 내리던 날 오후 우리는 평소 앤이 좋아하던 노란 장미 100송이를 사서 앤을 찾아갔다. 앤의 딸이 달려 나와 반갑게 우리를 맞이했다. 몰라보게 살이 빠진 앤은 안락의자에 깊숙이 묻히듯 앉아 있었다. 어서 오라며 환하게 미소를 지었다. 일어나지 못하는 것을 보니 기력이 무척 쇠약해진 것 같았다. 딸은 차와 쿠키를 차려서 우리와 함께 앉았다.

“이제 얼마 남지 않은 것 같아. 그동안 함께 일하는 동안 너희들에게 고마웠어. 내가 한 성질 하잖아. 그런데 너희가 다 참아줘서 이렇게 오래 일할 수 있었지. 한 직장에서 40년 넘게 있었으니 말이야. 50년을 채우고 싶었는데……. 사람 사는 일이 다 그렇지만 그게 마음대로 되는 건 아니네.”

웃는 얼굴에 주름이 가득했다.

“나, 모든 재산을 병원 재단에 넘기고 갈 예정이야.”

우리는 동시에 “아” 하는 함성을 질렀다.

“그동안 병원에서 일하면서 가엽은 이들을 많이 만났지. 개중엔 얌체족도 있었지만 정말 열심히 일하고 애쓰는데도 잘 안되었던 이들이 많았지. 그런 이들에게 조금이라도 도움이 되었으면 싶어서 말이야. 변호사를 통해 병원 측과 이야기 중이야."

그녀는 차를 조금씩 마시며 이야기를 이어 갔다. 쿠키가 아주 부드럽고 달다며 웃는다. 우리도 쿠키를 하나씩 집어먹으며 앤의 다음 이야기를 기다렸다.

"많은 돈은 아니야. 그래도 40년 넘게 부은 퇴직연금이 100만 달러, 이 집도 50만 달러쯤 돼. 그리고 남편이 죽으며 내 이름으로 가입된 생명보험 수령액이 200만 달러쯤 되는 것 같아. 아이들은 각자 결혼도 했고, 가정도 있으니 내가 걱정할 건 없어. 다 잘살 거야. 장례 절차도 이미 정했어. 화장해서 딸네 집 작은 나무 밑에 묻어 달라고 했어. 그래야 내가 그들을 지켜 주지. 다른 번거로운 절차들은 안 할 거야. 가족끼리 모여 식사나 한번 하면 될 거고, 화장터엔 이미 대금을 지불했어."

우리 중 누구도 그녀의 말에 토를 달지 못했다. 자식들에게 조금씩이라도 나누어 주고 가면 그들이 사는 데 도움이 될 것 아니냐는 말도. 옆에 앉아 함께 듣고 있던 딸은 어떤 생각을 할까. 그렇게 다 주고 떠나도 괜찮겠냐고 차마 딸에게 물어보지도 못했다. 조용히 우리 곁에서 이야기를 듣던 딸은 오히려 당연하다는 표정이었다.

"그동안 모으는 일에만 열중했잖아. 가는 길에서도 내가 욕심을 부린다면 지옥에 떨어질 것 같아서. 그게 두려워. 지옥, 나

혼자일 것 같아. 내가 천국에 가야 아이들을 기다릴 수 있을 것 같거든."

집으로 돌아오는 길 내내 머릿속에선 수많은 생각이 윙윙거렸다. 어떻게 자식들에게 한 푼도 안 남기고 평생 모은 재산을 모르는 사람들에게 주고 갈 수 있을까. 그 돈이면 자식들이 편하게 살 텐데. 손자들이 크면 학자금도 될 거고, 폼 나는 차를 살 수도 있을 거고, 자식들이 편안한 집으로 옮겨 갈 수도 있을 것이다.

다음 날 출근해서 온종일 화제는 앤의 전 재산 기부에 관한 것이었다. 정년퇴직 나이인 65세에 퇴직을 한 것도 아니고, 73세까지 현직에 있을 정도로 열심히 일했던 그녀가 자신의 피붙이에게는 한 푼도 남기지 않는다는 것에 모두 의아해했다. 아무리 개인주의 성향이 강하고, 자녀와 부모의 삶을 철저히 구분하는 미국에서도 이런 결정은 흔치 않은 일이었나 보다. 이구동성으로 "어떻게 그럴 수 있을까?" 하고 말했지만, 누구도 선뜻 답을 내놓지는 못했다.

삼 주 후, 앤의 딸에게서 연락을 받았다. 엄마는 잠자는 듯이 누워 있다가 편안하게 숨을 거두었다고. 장례까지 다 마쳤다고 했다.

"괜찮니?"

"그럼요. 준비가 되어 있던 일이잖아요. 엄마가 결정하신 일이라, 오히려 마음 편히 해 드릴 수 있었어요."

앤이 쓰던 물건은 구호물자를 관리하는 기관에서 가져갔고, 앤이 살던 집은 깨끗이 비운 후 변호사가 집을 내놓기로 했다는 말도 덧붙였다.

병원 회보에서 앤의 기사를 본 것은 대략 한 달 후였다. 그녀의 어릴 적 이야기부터 전 재산을 병원 재단에 기부하며 어떤 사람들을 위해 어떻게 써야 할 것인지까지 명시해 놓은 그녀의 이야기를 읽었다. 그녀의 아버지는 이곳에서 삼 분쯤 떨어진 산동네의 가난한 목사였다. 일곱 형제 중에 제일 막내로, 간호학교에 다닐 때도 스스로 학비를 벌며 공부를 했고, 누군가를 도우며 사는 것이 일상이었던 그녀였다. 아버지는 동네의 노숙자들에게 침낭을 제공하거나 천막을 만들어 주었고, 겨울에 눈이 내리면 자신의 차고에서 그들을 재웠던 몸소 사랑을 실천하는 선한 목회자였다. 그녀의 어머니 또한 빵 한 조각이라도 나누어 먹는 것이 몸에 배어 있던 분이었다.

앤은 이미 언니들, 오빠들은 모두 천국으로 떠나 나를 기다리고 있어서 떠나는 길이 참 기다려졌고 편안하다고 말했다고 했다. 천국에서 가족들을 다시 만나면 모두 빈손으로 왔는데 너만 뭘 그리 움켜쥐고 왔냐는 핀잔을 들을 것 같아, 다 놓고 떠난다고 했단다. 앤은 마지막에 이런 말을 남겼다.

"왜 갈등이 없었겠어요. 이 돈이면 내 자식들이 참 편안해질 텐데요. 그러나 내 아이들은 아직 젊고 더 노력하면 잘될 수 있어요. 하지만 그런 기회가 없었던 사람들은 내가 조금이라도 나누어 주고 가면, '이 세상이 그리 나쁜 것은 아니구나'라고 생각할 거고, 도움을 받은 사람은 또 누구에겐가 같은 도움을 주려고 할 수도 있고요. 나누어 주는 일의 도미노 현상, 그건 세상을 살아가는데 필요한 일 아닌가요. 아이들도 이해할 거예요. 내가 우리 부모님에게서 금전적인 도움을 받지는 못했지만, 사랑에 흠뻑 젖을 수 있도록 해 주셨던 것처럼 제 아이들도 내 사랑이면 충분할 것 같아요. 이해해 주겠지요."

이해해 줄 거라는 말을 강조하며 나눔의 도미노 현상을 기대하던 앤은 그렇게 떠났다. 세상의 어두운 것을 모두 덮을 것처럼 하얀 눈이 소복이 내렸다. 눈에 덮인 세상은 하얗다 못해 눈이 부시다. 평화로운 천국에 도착한 앤도 눈송이처럼 화사하고 하얀 웃음을 지을 것 같다. 앤의 편안한 모습이 눈송이에 담겨 어른거린다.

아홉 명을 살리고 떠난 파도 타는 소년

해변을 걷다 보면 곳곳에서 서핑 장비를 대여하는 곳을 볼 수 있다. 서핑 인구가 정말 많이 늘어난 것 같다. 요즘 젊은이들의 새로운 문화로 자리 잡은 듯하다.

오래전 캘리포니아 병원 중환자실에서 만났던 사연이다. 저녁 식사를 하며 지방 뉴스를 보다가 아들이 물었다.

"엄마, 저 서핑 사고 난 아이. 엄마가 일하는 병원에 갔을 수도 있겠네?"

난 얼굴을 들어 텔레비전을 보며 자세한 사고 상황을 들었다. 파도타기를 하던 한 소년이 해초에 걸려 익사 직전에 구조되어 병원으로 실려 갔다는 것이었다.

당시 내 아들은 바닷가 마을에 사는 재미에 푹 빠져 있었다.

여름엔 해변에서 인명구조요원으로 일했고, 학기 중에는 수구선수로 활동하며 공부보다 더 열심히 하였다. 거기다 파도타기를 배우기 시작하며 서핑 장비를 여기저기 놓아 집안을 어지럽히기가 일쑤였다. 수경과 오리발, 다이빙 슈트, 보온 조끼, 부유 조끼까지 그 커다란 장비들을 집 안에 곳곳에 방치해 나의 짜증을 돋우곤 했다. 아들은 시간이 있을 때마다 바다로 나갔고, 난 종종 들려오는 서핑 사고 뉴스에 매번 조심을 시켰다. 사람들이 보이는 곳에서만 서핑해야 한다고, 작은 바위나 돌이 있는 곳엔 가지 말며, 해초들이 엉켜 있는 곳도 안 된다고. 아들은 저녁을 먹자마자 일어나 자기 방으로 들어가며 내 잔소리를 피했다.

다음 날, 새벽 출근을 했는데 아들 말대로 뉴스에서 보았던 그 소년이 환자로 들어와 있었다. 수간호사는 또래의 아들을 둔 나를 배려해, 이 소년 환자를 내가 맡아도 괜찮겠냐고 물었다. 중환자실에서는 간호사의 담당 환자가 자신과 비슷한 상황이거나 지인이면 객관적인 판단을 하지 못하고, 이로 인해서 심적으로 힘들어하는 경우가 있다. 그래서 매일 아침 수간호사는 환자를 맡아야 하는 간호사들의 상황을 살펴 환자를 배정한다. 담당 간호사 역시 어떤 환자를 맡을 때, 불편한 이유가 있으면 반드시 사전에 알려 그날 업무를 수행하는데 차질이 없도록 해야 한다.

"괜찮아. 그 환자 내가 맡을게."

난 수간호사에게 소년을 맡겠다고 말하고 환자를 살피러 갔다. 보호자들에게 내게도 비슷한 또래의 아들이 있다고 말하며 내 아이를 돌보는 것처럼 최선을 다하겠다고 했다.

캘리포니아 북쪽의 어느 바닷가 마을에 산다는 소년과 엄마는 산타크루즈를 방문 중이었다. 이모는 난소암으로 암 병동에서 치료 중이었지만 말기여서 더 이상의 치료를 할 것이 없다는 연락을 받았고, 마침 소년은 방학이기도 해서 엄마와 같이 이모의 마지막 가는 길에 작별 인사를 하러 온 것이었다. 그러나 혈기왕성한 소년은 종일 암 병동에서 이모만 쳐다보고 있을 수는 없었다. 짬을 내서 서핑을 했다. 엄마의 차에는 소년의 서핑 장비들이 늘 실려 있었다.

바닷가 마을에 사는 그 또래들이 그렇듯이 서핑은 거의 매일 하는 운동이므로, 큰 걱정 없이 소년을 해변에 내려 주며 두 시간 후에 오겠다고 했고, 그 시간 엄마는 병원에서 동생을 돌보았다. 약속한 시간에 해변으로 아들을 픽업하러 갔을 땐 사람들이 모여 웅성대고 있었고, 구급차도 두 대나 와 있었다. 그곳엔 자신의 아들이 누워 있었다. 응급요원들이 심폐소생술을 시행하고, 의식은 없었다. 옆에서 서핑하던 또 다른 청년의 말에 의하면, 소년은 커다란 파도에 휩쓸렸는데 마침 엉키고 설킨 커다란 해초 더미가 있었고, 그 속으로 소년은 빨려 들어갔다. 헤쳐 나오지 못하고 허

우적거리자, 해양경찰들이 구했다고 했다. 물을 많이 먹은 것 같고 호흡이 거의 정지된 상태라, 심폐소생술을 즉각 했으나 아직 의식이 돌아오지 않았다는 설명이다. 소년은 병원 중환자실로 입원해 인공호흡기를 걸고, 서서히 체온을 올리며 순환기계통에 이상이 없는지 확인받고 있었다.

이모는 다른 층 암 병동에, 소년은 중환자실에. 넋이 나간 엄마와 누나 등 가족들도 우왕좌왕 경황이 없어 보였다. 소년은 인공호흡기에 의지한 뇌사상태에 가까웠다. 가끔 엄마와 누나의 목소리에 심장박동수가 빨라지는 반응과 부분적 근육경련이 있을 뿐이었다.

"아들한테 엄마 목소리 많이 들려주세요. 의식이 없어도 들을 수는 있어요."

의식이 없다 하더라도 인간에게 최후까지 남아 있는 감각이 청각이라고 한다. 나는 그래서 가족들에게 침상 가에 앉아 계속 이야기를 하게 했다. 소년이 혼자 가는 그 길이 무섭고 외롭지 않도록.

지역 뉴스에서는 매시간 소년의 상태를 보도하면서 소년의 상태가 호전되기를 기원했다. 그러나 사람들의 바람과는 달리 소년은 깨어나지 않았다. 그리고 엄마는 소년의 장기기증에 서명했다. 소년의 장기는 아홉 곳으로 옮겨졌다. 소년의 심장, 신장, 소장, 대장, 간, 췌장, 각막, 피부, 뼈 등을 받은 아홉 명의 생명은 새로운 삶을 살게 되었다. 폐는 사고로 물이 많이 찼고, 그 부종이 빠지지 않아 사용할 수가 없다는 판단이 나와 기증하지 못했다.

커다란 파도를 미끄러지듯 타는 걸 즐겼던 소년은 자신의 몸을 아낌없이 파도에 실려 보냈다. 받는 사람은 어디에 사는 누구인지 알 수가 없지만, 꼭 필요한 곳에서 필요한 이에게 이식이 되어 새로운 생명으로 이어질 것이다. 파도는 끊어질 듯 이어지며 곡예하듯 퍼져 나간다. 소년의 삶은 짧았고 어머니의 가슴에 묻혔다. 하지만 소년은 다른 사람들의 생명을 살렸고 그의 삶은 파도처럼 이어질 것이다.

소년의 뒤를 따라갈 이모는 호스피스 병동으로 옮겨 갔다. 치료는 이 정도 해 봤으면 여한이 없다고 했다 한다. 동생과의 이별을 준비하러 왔던 엄마는 아들을 가슴에 먼저 묻고 통곡조차 삼키고 있었다.

엄마의 가슴에 묻힌 아들은 하늘나라에서 이모를 다시 만나면 엄마의 안부를 전해 들을 수 있을까. 엄마를 대신하는 이모의 따스한 품에 안겨 편히 잠들 수 있을까. 남겨진 엄마의 통곡은 촉촉한 비가 되어 엷어질 수 있을까.

두려움
없는
마지막이
있을까

"하늘의 성인들이여, 오소서. 주님의 천사들이여, 마주 오소서. 이 교우를 받아 지극히 높으신 하느님 앞에 바치소서. 이 교우를 부르신 그리스도님, 이 교우를 받아들이소서."

수녀님의 장례식 미사 중에 불렀던 고별가의 일부이다. 집에서 혼자 연습을 하며 수십 번, 목이 메어 부르기를 멈췄다. 수녀님은 고등학교를 졸업하고서는 바로 수녀원에 들어가셨다고 하니 60년 이상을 주님께 의탁해 사셨던 분이다.

나 같은 보통 신자들은 감히 이해할 수 없는 신심을 지녔던 분. 모태신앙이었던 걸 가장 큰 자랑거리로 아셨던 수녀님. 수녀님의 두 오빠도 신부였다. '주님의 집'이라는 평화로운 울타리 안에 살아서일까, 일상이 즐겁고 행복했던 분이었다. 고등학교를 졸업하던 해 수녀원에 입소하셨고, 수련기를 걸쳐 유기 서원을 하셨다고 한다. 유기 서원은 수녀원마다 다르기는 하지만 보통 삼 년 정도의 시간을 수녀로 살아 본 다음, 평생 하느님의 자녀로 희생과 봉사의 삶을 산다는 약속인, 종신서원 여부를 결정하는 시간이다.

사춘기를 막 지난 소녀의 봄꽃 같은 인생, 그 시발점에서 한 곳에 머물며 희생하며 살겠다고 수녀원으로 향했던 마음이 어땠을까. 사석에서 한 번 여쭤본 적이 있다.

"수녀가 되시기로 언제부터 생각하셨어요? 평범한 여고생들이 하고 싶어 하는 것들, 대학에 가고 싶거나, 연애를 하고 싶거나, 현모양처가 되고 싶다는, 그런 마음은 없으셨어요? 큰 고민 없이 수녀원으로 가셨던 거예요?"

"이미 오빠들이 신학교에 갔고, 신부가 되었으니, 부모님은 내가 수녀가 된다는 것을 너무나 당연히 생각하셨고, 나도 당연히 가야 하는 길인 줄 알았지. 갈등 같은 건 없었지."

수녀님은 웃으면서 뭘 너무 당연한 이야기를 물어보느냐 하는 표정을 내게 지어 보이셨다.

콜로라도스프링스로 이사를 와서 한국 성당을 찾아갔고, 그곳에서 수녀님을 만났다. 성당을 통한 교민 간의 교류에 큰 가교

역할을 하고 계셨다. 서로 연결해 주고, 모임이 있으면 어디든 참석하셔서 분위기를 즐겁게 해 주시려는 분이었다.

수녀님과 더 각별하게 되었던 건 친정어머니가 팔순을 넘기고 미국에 한 번 살아 보기 위해 이민을 오신 후부터다. 그 당시 남편과 나는 둘 다 일을 하고 있어서 낮에는 어머니 혼자 집에 계셔야 했다. 수녀님은 혼자 계신 어머니를 찾아와 같이 성경 말씀도 나누고, 사는 이야기도 하며, 쇼핑도 같이 가셨다. 내가 퇴근해서 집에 오면, 어머니는 수녀님과 어디를 갔다 왔고, 뭘 먹었고, 무슨 이야기를 했는지 풀어놓으셨다. 수녀님이 마치 오랜만에 만난 동생처럼, 같이 있으면 편하고 좋다고 어머니는 말씀하셨다.

어쩌면 두 분은 혼자 사는 이야기들도 나누었을 수도 있다. 한 분은 딸 하나만 바라보고 한평생을, 또 한 분은 하느님만 바라보며 평생 희생과 봉사의 삶을 사셨으니, 혼자였던 삶을 공유하셨을 것 같기도 하다.

석 달 만에 미국살이 실패를 선언하시고 결국 한국으로 돌아가는 친청어머니에게 수녀님은 어머니의 손을 잡고 간곡하게 말씀하시기도 했다.

“안나 자매님. 한국에 들어가셔서 잘 생각해 보시고 미국으로 다시 오세요. 이렇게 좋은 사위 시몬과 똑떨어지게 똑똑한 딸 글라라가 있는데 뭔 걱정이세요. 혼자보다는 둘이 낫고, 둘보다는 셋이 낫죠. 손자도 여기 있는데……. 제가 기다리고 있을게요. 꼭 오세요. 너무 오래 기다리게는 하지 마시고요."

수녀님은 내가 이곳에 이사 온 이후로 15년간 한 해도 거르지 않고 내 영명축일마다 전화를 걸어 노래를 불러 주시기도 했다. 모든 신자에게 일일이 다 그렇게 해 주시는지는 알 수 없지만 그날 아침, 수녀님의 노래를 듣고 있으면 나도 천사 같은 착한 신자처럼 느껴졌다.

그러던 어느 날, 수녀님과 함께 점심식사를 했다. 안색도 좀 검어졌고 예전보다 식사도 잘 못하셨다.

"글라라, 자기는 간호사이니까 이게 어떤 상태인지 잘 알겠지. 내 신장 기능이 많이 떨어져서 이제 10퍼센트밖에 기능을 못 한대."

그러면서 아주 아무렇지도 않게 활짝 웃으셨다.

"네? 언제부터 그러셨는데요?"

"신장이 안 좋아진 지는 좀 됐어."

"약물치료가 안되면 투석할 수도 있어요. 복막투석도 있고, 혈액투석도 있고요."

"아니야 글라라. 주님의 종으로 이만큼 살았으면 됐어. 편안하고 조용하게 지내다가, 하느님이 부르시면 곁으로 가려고. 난 언제라도 갈 준비가 되어 있어."

수녀님의 말을 듣는데, 이상하게 참 편안했다. 말로는 언제 죽어도 괜찮다고, 죽을 준비가 되어 있다고 말하는 이들도, 막상 그때가 오면 더 살기 위해 애를 쓴다. 어떤 수단을 써서라도 더 살려고 노력하고 버틴다. 나를 포함한 대부분의 사람들이 그럴 것인데, 이렇게 편안하게 자신의 마지막 시간을 이야기할 수 있다는 게 경이로웠다.

"제가 이제 수녀님을 어떻게 도와드리면 좋을까요?"

"앞으로 나를 불러내서 이렇게 밥도 사 주고, 집에서 모임이 있으면 초대하면 돼. 성당에 일이 있으면 알려 주기도 하고."

며칠 후, 주일날 수녀님은 직접 그리신 커다란 그림 하나를 보내왔다. 약간 갈색 피부의 성모마리아가 역시 갈색 얼굴의 아기 예수를 안고 있는 유화였다. 인자하신 모습이 수녀님을 닮았다. 수녀님께 잘 받았다고 전화를 드렸다.

"내가 글라라 곁에 없는 시간이 오더라도, 나를 보는 것처럼 가까이 두고 보면 좋을 것 같아. 내가 그린 그림 중에 가장 큰 작품이야."

수녀님께 잘해 드린 것도 없는데 마지막 가시는 길에 너무 큰 선물을 받은 것 같았다. 그리고 어머니가 수술하신다는 소식을 듣고 한국으로 떠나기 전, 수녀님을 찾아뵈었다. 혹 못 볼지도 몰라서였다.

수녀님께 내가 어머니를 돌보고 다시 올 때까지 기다려 달라고 했더니, 농담까지 하시며 나를 토닥이셨다.

“걱정하지 말고 다녀와. 주님께서 빨리 오라 하시면, 아직 글라라가 안 와서 조금 기다렸다 가면 안 되냐고 물어볼게.”

두 달 반 후 미국으로 돌아와 수녀님을 찾았을 때, 수녀님은 이미 임종간호를 시작한 후였다.

“수녀님, 저 글라라예요. 한국에 잘 다녀왔어요. 어머니는 수술을 못 하셨고, 요양원에 모셨어요. 시간이 될 때마다 한국에 가려고요. 어머니를 자주 뵈어야겠어요.”

수녀님의 얼굴은 많이 부어 있고, 눈도 겨우 뜨셨다. 나를 보더니 힘을 내 몇 마디를 하시고는 다시 주무셨다. 나는 내일 또 오겠다고 하며 수녀원을 나섰다.

초여름 햇볕이 따갑다. 작은 언덕들은 온통 초록이고. 하늘은 구름 한 점 없이 푸르다. 높은 종탑을 이고 선 성당은 초여름 풍경과 어우러지며 고고하다. 수녀원 입구 수도자들의 봉분 없는 묘지에는 붉은 장미들이 지천이고 아름드리나무들은 그 푸르름의 위세를 자랑하고 있다. 몇 번이나 이 풍경을 더 볼 수 있을까? 수녀님이 이곳에 안 계시면 여길 올 일이 없겠지. 천천히 운전하며 익숙했던 풍경을 좀 더 눈에 담아 두려고 했다.

생명을 가진 모든 것은 죽는다는 건 생자필멸의 법칙이지만 보통의 사람들은 죽음 뒤에 오는 모르는 세계에 두려움을 갖고 있다. 심리학자들은 일반적으로 죽음을 맞이하는 과정으로 부정, 분노, 타협, 우울, 수용의 단계를 거친다고 말한다. 그러나 수녀님 같은 경우에는 이런 단계들을 거치지 않고 바로 수용에 이르신 것 같다. 확실한 사후 세계, 주님께서 '이제 왔느냐, 수고했다'라며 손잡아 주실 것이 분명한 그곳이 있기에 평안한 마음으로 훌훌 떠나시는 것이다. 마치 기다렸던 것처럼. 평생 신앙을 가슴에 품고 사셔서인지 삶의 유한성을 인정하고 돌아오지 못할 길을 떠나는 걸 두려워하지 않으신 듯했다.

적극적인 치료를 시도할 수도 있었을 텐데, 그 어느 것도 마다하고, 주어진 시간과 환경 안에서 가장 자유롭고 편안하게 가는 길을 선택한 수녀님. 어쩌면 이것이 바로 나이가 들며 생각하게 되는 '웰다잉'의 모습이 아닐까. 오늘을 충분히 잘 살았고, 충분히 잘 산 하루하루가 모여, 잘 산 인생으로 이어질 것이다. 그 잘 살았던 삶의 마무리는 평화로운 죽음이다.

다음 날 아침, 연락이 왔다. 새벽에 수녀님이 자는 듯이 선종하셨다고. 고별가 연습을 하며, 풀리지 않는 목을 탓하며, 울지 않고 성가를 부를 수 있게 해 달라고 기도하며 장례미사에 참석했다. 하관식을 하며 계속 성가를 부른다. 참으려 해도 흐르는 눈물 때문에 나오지 않는 소리를 탓하며 하늘을 쳐다본다. 푸른 하늘에 작은 비행기 하나가 긴 꼬리를 하얗게 그리며 빠르게 지나간다. 그래도 눈물은 흐른다.

그해 여름, 나의 영명축일 아침에는 전화가 오지 않았다. 혼자 그 전화를 기다렸던 것일까? 다시 하늘을 바라본다. 비행기가 지났던 그 하늘, 구름 한 점 없이 파랗다.

하늘이 사람을 부를 때

"잘 지내? 병원 분위기도 그렇고, 통통 튀는 네 목소리를 듣고 싶어서 전화했어."

퇴직하고도 가끔 연락하고 지내던 동료 애니의 전화를 받았다. 늘 그렇지는 않지만 전화를 받을 때 내 목소리는 한 옥타브쯤 올라가 있다. 연락을 줘서 참 반갑다는 나 나름의 표현인 것이다. 그러나 애니의 목소리는 침울하다 못해 금방이라도 울음이 터질 듯이 울먹이고 있었다.

"왜, 무슨 일 있어?"

"제니퍼가 휴직했어. 톰이 췌장암 말기 진단을 받았거든."

톰은 우리의 동료이자 제니퍼의 오랜 연인이었다. 톰이 갑자기 췌장암 말기 진단을 받자 그를 간호하기 위해 휴직하는 것이란다. 둘은 동료이자 오랜 연인이었다. 같은 집에 살지는 않지만, 양가의 일을 같이 해결하고, 대소사 참석은 물론, 추수감사절, 크리스마스 같은 명절도 함께 지내고, 병원의 크고 작은 파티에서도 공식적인 파트너였다. 함께 살지 않는 것뿐이지, 영락없는 부부였다. 왜 결혼을 아직 안 하느냐고 물으면, 개인생활이 있는 각자의 공간을 유지하는 게 서로를 구속하지 않아 더 편하고 여유롭다고 했다. 그랬던 제니퍼가 톰을 간호하기 위해 그의 집으로 들어간단다.

톰은 항암을 시작했는데, 그 고통이 엄청나다는 말도 전해왔다. 동료들이 도와주고 싶어도 요즈음 같은 때는 코로나19로 인해 방문도 안 되고, 항암 치료를 시작한 톰의 면역상태도 급격히 나빠져 손 놓고 있단다. 그저 걱정하며 우울하고 침통한 분위기라고 한다.

"그래도 뭐라도 도와야 하는 것 아니야? 돌아가며 음식을 해 주거나 조금씩 돈을 모아서 생활비나 약값을 보태는 게 어때?"

함께 기도하자고, 기운을 내라고. 뭐라도 돕게 되면 알려 달라는 부탁도 잊지 않았다. 뭐라도 돕겠다고 했다. 또 다른 친구들은 별일이 없는지 물었다.

"앤도 그만뒀어. 상황이 좋지 않아."

이번엔 앤의 소식이다. 유방암이 재발하여 난소까지 퍼졌고,

수술 후 입원 중이라고 했다. 예후는 아직 정밀 조직검사를 보냈고, 결과를 기다려 봐야 한단다. 또 물리치료사인 조시는 직장 내시경 검사에서 폴립 몇 개가 발견되어 제거했고, 조직검사에서 암으로 판명되어 사표를 냈고, 치료한다며 고향인 아이오와주로 돌아갔단다.

계속되는 침울한 소식에 애니와 했던 마지막 통화를 떠올려 봤다. 지난여름이었던 것 같다. 나의 잦은 한국 방문을 알던 친구였기에, '이 심각한 코로나19 사태에도 넌 한국을 꼭 가야 하니' 하며 걱정했다.

애니의 걱정을 뒤로하고 한국을 다녀왔는데도 안부 전화조차 하지 못했던 나의 무심함이 미안했다. '거리는 멀리, 마음은 가깝게'라는 말처럼, 전화라도 자주 하며 서로의 안부를 물었어야 했는데……. 이중문을 들어서면 언제나 긴장이 가득한 중환자실. 목전에 다가와 있는 죽음의 그림자들을 보며, 촌각을 다투는 일을 하는 우리들이었지만, 친구며 동료가 환자가 되어 죽음과 맞서는 일은 정말 당황스럽고, 또 두렵다.

"이렇게 무거운 분위기는 처음인 것 같아."

애니는 코로나 블루로 오는 박탈감, 고립감, 우울감 등으로 그렇지 않아도 침울한 분위기인데 친구들의 발병 소식은 정말 힘들단다.

미안했다. 내가 먼저 전화했어야 했는데……. 생활이 바쁘다는 핑계를 대며 그들에게 얼마나 무심했는지를 반성하며 긴 통화를 끝냈다. 옆에 있었던 남편은 내 표정을 읽고는 무슨 일이냐고 묻는다. 나의 무심함과 더불어 친구들의 발병 소식을 전했다. 같이 걱정을 하던 끝에, 난 무심코 그런 이야길 했다. 하늘이 사람을 부를 때는, 착한 순서로 부르는 것 같다고.

갓 태어난 아기들이 하늘나라로 갈 땐 천사처럼 평화로운 미소를 지으며 배냇짓하던 모습으로 떠나간다. 조금 더 자란 어린아이들이 떠날 때도 마찬가지이다. 어른들의 가슴에 묻히는 아픔을 아는지 모르는지 평화롭다. 최후의 순간까지 잡은 끈을 놓지 못해 애쓰는 어른들보다 훨씬 편안한 모습으로 헤어진다. 아이들은 헤어짐이나 영원한 이별, 그런 의미를 알지 못하므로.

그러나 어른들의 죽음은 간혹 옆에 있는 사람을 당혹스럽게 한다. 집착에 가까운 삶에 대한 욕심, 수단과 방법을 가리지 않고 살려만 놓으라는 황당한 요구를 할 때도 있다. 너무 지나쳐 꼭 그렇게까지 해야 하나 싶을 때도 있다. 그런 때는 주위 사람들이 더 힘들어하고 아파한다. 남겨진 이들이 평생 지고 가야 하는 업보. 가슴에 매달린 추의 무게를 견디며 살아가야 한다. 돌아보면 중환자실의 환자들도, 동료들도, 친구들도, 착하고 선한 사람들을 하느님께서는 더 빨리 데려가시는 것 같다. 난 그리 착하지 않으니 좀 천천히 데려가실까? 쓸데없는 생각도 휙 지나간다.

보름쯤 지났을까? 애니에게 다시 전화를 걸었다. 친구들은 잘 견디고 있는지. 그들의 빈자리에는 또 누가 와서 일하고 있는지, 앤의 조직검사 결과는 어떤지, 아이오와주로 돌아간 조시에게서는 연락이 없는지 물었다. 애니의 목소리는 더 기운이 없었다. 원망 가득한 목소리로 모두들 나쁜 소식만 있다고 전한다. 며칠 뒤 애니는 분홍 리본 핀을 하나를 나에게 보내왔다.

암 병동에서 쓰는 '회복을 기원하는' 핀이다. 환자의 가족들이나 지인, 병원 직원 들이 환자의 빠른 쾌유를 빌며 겉옷에 다는 작은 핀. 핀을 받자마자 난 입고 있던 스웨터의 왼쪽 가슴에 달았다. 친구들의 빠른 쾌유를 빌고 주위의 친구들도 희망을 잃지 말라고 간절히 기도하며.

한 걸음씩 멀어져 가는 친구들. 그들과 사랑을 나눌 시간이 많이 허락되지 않았다. 먼저 하늘나라에 가 있을 착하고 착한 이들. 착한 순서대로 부르시는 그분의 뜻을 나 같은 사람이 알 수는 없겠지만, 따듯한 계절이 되어도 가슴 속으로 들어오는 바람은 참 시릴 것 같다.

3부

여전히 기다리고 있어요

여보,

날 두고
가지 마

시간이 많이 흘러도 중환자실의 모습이 엊그제 일처럼 생생하다. 이른 새벽, 알람음에 맞춰 잠에서 깨지만, 추적추적 비라도 내리는 날이면 뒤척거리며 알람을 몇 번 더 누르고서야 일어날 수 있었다. 그러면 남편도, 건넛방에서 자던 아들도 잠이 깨곤 하였다. 남편이 내려놓은 커피를 마시고 잠이 덜 깬 모습으로 출근할 때도 많았다.

그날 아침도 진한 안갯속을 뚫고 출근을 했다. 언제나처럼 밤에 근무한 간호사로부터 인계를 받으며 커피를 한 잔 더 마시면서 병실 안쪽을 살피었다. 침상에는 할아버지 환자가 인공호흡기를 단 채 미동도 없이 누워 있었고, 침상 가에는 은발의 할머니가 할아버지의 손을 꼭 잡고 앉아 계셨다. 중환자실의 규정상 인계 시간엔 모든 보호자가 병실 밖으로 나가야 했다. 나는 당직 간호사에게 무슨 일이냐고 물었다.

"아내분인데, 아무리 설명을 해도 요지부동이야. 할아버지 곁을 떠날 수가 없으시대."

나는 인계받던 일을 잠시 멈추고, 보호자 대기실에서 할아버지 부부의 보호자를 찾았다. 마침 손녀가 와 있었기에 손녀에게 할머니를 모시고 나갈 수 있도록 도움을 요청했다. 손녀딸은 할머니께 병원 구내식당에 가서 오렌지주스라도 마시고 오자며 억지로 손을 잡아끌었다. 할머니는 겨우 자리에서 일어서며 울먹이는 소리로 침상에 누워 계신 할아버지에게 말했다.

"여보, 내가 올 때까지 절대 어디 가면 안 돼. 알았지?"

작고 굽은 어깨, 어지러운 듯 손녀에게 의지하여 느린 걸음을 옮기는 할머니. 그때 난 알았다. 그날 내가 맡은 환자는 두 분이라는 걸.

할머니가 나가시고 본격적인 나의 중환자실 일과가 시작했다. 환자의 상태를 면밀히 살피고, 침상을 바꾸고, 투약을 하거나 새 수액을 걸었다.

환자는 90세, 집 차고 앞에서 넘어지면서 대퇴골이 골절돼 응급으로 수술을 했다. 그러나 수술 후 인공호흡기를 제거할 수가 없었다. 지병인 만성호흡기계 질환 때문이었고 산소포화도를 포함한 혈액검사에서도 언제 호흡기를 제거할 수 있을지 장담할 수가 없었다. 그뿐만 아니라 마취에서도 깨어나지 못했다. 이런 위중한 상태에서 얼마나 더 생명을 유지할 수 있을까. 일촉즉발의 상황이 언제라도 벌어질 수 있었다.

환자의 가족들은 보호자 대기실에 모여 만일의 사태에 대비하며 마음의 준비를 하는 것 같았다. 할머니는 손녀에게 끌려가다시피 나간 지 30분도 안 되어 할아버지의 침상 가로 다시 돌아오셨다. 손녀는 내게 미안한 표정을 지으며 말했다.

“할머니가 할아버지와 70년을 함께 사셨어요. 그래서 곁을 못 떠나시나 봐요. 안 된다고 해도 기어이 다시 오자고 하셔요.”

손녀는 웃으며, 두 분은 고등학교 때 첫사랑이었다는 이야기도 덧붙였다.

사실 할머니도 환자였다. 할머니는 치매로 할아버지와 가족들만 겨우 알아볼 수 있었다. 할아버지와 24시간 함께했고, 할아버지는 할머니의 기억을 대신해 모든 일상을 도왔다. 의식주는 물론이고 지난 시간의 추억들을 옛날이야기처럼 들려주며 하루하루를 사셨단다. 두 분의 소원은 한날한시에 하늘나라로 동행하는 것이라고도 했다. 은발의 부부는 서로에게 없어서는 안 될 수족처럼 사셨다.

할머니는 수술이니 중환자실이니, 깨어나지 못하는 상황들이 이해되지 않았다. 단지 할아버지가 당신을 혼자 두고 어디론가 멀리 가 버릴 것 같은 불안감에 어쩔 줄 몰라했다. 침상 곁을 지키고 앉아 있으면 할아버지는 어디에도 안 가고 함께 있을 거라고 믿는 할머니. 의식이 없고 인공호흡기가 있어야만 겨우 호흡이 가능한 할아버지 옆에서 '날 두고 어딜 가면 안 된다'라는 간절한 소망만 되뇌고 또 되뇌고 있었다.

만약 할아버지의 상태가 갑자기 나빠져 돌아가신다면 할머니는 공황 상태가 올 것처럼 불안해 보였다. 매시간 투약도 하고, 체위도 바꾸고, 드레싱도 갈고, 석션도 해야 하는 간호 시간에도 할머니는 절대 침상 가를 떠나지 않았다. 나의 간호를 감시하듯 지켜보았다. 할머니의 시선이 편하지만은 않았지만, 그날 내 환자는 두 분이라고 생각했기에 괜찮았다.

중환자실에서 거의 매일 만났던 죽음. 그 죽음의 모양은 각각 다르다. 하지만 수치상으로 보이는 객관적인 죽음의 신호도 있다. 할아버지에게는 그게 보였다. 할아버지의 가족들에게 모니터에 뜨는 숫자들의 의미와 혈액검사 등에서 보이는 환자의 상태를 설명했다.

상황을 판단한 가족들은 눈물을 훔치면서도 장례 준비를 하고, 신부님을 모셔 와 병자성사를 하는 등 분주한 모습이었다. 그러나 단 한 분, 할머니만은 그 무엇에도 아랑곳하지 않고 미동도 없이 할아버지의 손을 잡고 앉아 계셨다.

“날 혼자 두고 가면 안 돼’

할머니는 들릴 듯 말 듯 같은 말만 계속 되뇌고 있었다.

가족 중 할머니와 제일 가깝다는 손녀가 의자를 끌어당겨 할머니 곁에 앉았다.

“할머니, 할아버지가 진작에 써 놓으셨던 유언장 내용 기억나시죠? 치료가 아닌 생명 연장만을 위한 치료는 24시간 이상 쓰지 말라고 하셨잖아요. 벌써 48시간이 지나고 있어요.”

“나도 따라갈 수 있으면 인공호흡기를 떼도 상관없어. 그게 아니라면 저 사람만 먼저 보낼 수는 없어.”

이럴 때 할머니의 정신은 온전했다. 할아버지의 위중한 상태를 이해하시는 듯했다.

“내가 가야 밥도 차려 주고, 빨래도 해 주지.”

저세상에 같이 가야 하는 이유는 분명했다. 그러나 사실 최근의 모든 일상은 할아버지가 맡아 하셨으니, 할머니는 잡고 있는 손을 놓기만 하면 되셨다.

“할머니, 할아버지가 먼저 하늘나라에서 할머니를 기다리는 동안, 할머니는 저와 있어요. 제가 매일 할머니 손잡고 다닐 테니, 이제 할아버지 손을 놓아주세요.”

손녀의 간곡한 말에도 할머니는 요지부동이었다. 그렇게 할아버지는 별 차도를 보이지 않은 채 사흘이 지났고, 할머니도 침상가에서 사흘을 지냈다. 이제 할머니마저 쓰러지실 것같이 위태로워 보였다. 안되겠다 싶어 가족들에게 부탁했다.

“할머니가 중환자실에서 할아버지의 침상을 지키는 게 더는 무리인 것 같아요. 강제로라도 할머니를 댁으로 모셔 가고, 할아버지의 임종을 맞을 준비를 해야 해요.”

손자, 손녀에 의해 끌려가다시피 병실을 떠나는 할머니는 ‘절대 혼자 가면 안 돼’라는 말만 반복했다.

할머니가 떠나신 뒤 할아버지가 원하셨던 대로 인공호흡기와 불편했던 기구들, 모니터와 컴퓨터에 연결되어 있던 모든 선을 제거하고 투약을 중단했다. 그러자 10분도 안 되어 할아버지는 숨을 거두셨다. 아주 편안하게, 가족들의 마지막 인사를 받고 평화롭게 하늘나라로 가셨다.

마지막 가는 길에 편안할 수 있는 권리. 그것이 설사 할머니의 뜻과 다르다고 해도, 할아버지의 뜻을 존중하는 게 맞았다. 가족의 따스한 시선 안에서 평온한 배웅을 받으며 떠나시는 길. 할머니를 혼자 두고 가시는 길에 아쉬움도 있겠지만, 그건 남겨진 이들의 몫으로 두는 것이리라. 먼저 그곳에 가서 편하게 자리 잡고 할머니 오실 날을 기다리시면 되지 않을까?

서서히 온기를 잃어가는 모습에서 평화를 배운다면 너무 모진 말일까. 평화 가운데서 무릎 꿇고 있는 가족들의 숙연함. 그것도 사랑이리라. 중환자실 간호사로서 '죽음 앞의 삶'은 나의 일상이었지만, 그 어느 죽음도 쉽지가 않다. 중환자실의 경험이 길어질수록 만났던 죽음의 모양들도 달랐고 무게도 달랐다. 이쯤엔 죽음에 무뎌질 만도 하건만, 돌아서며 나도 울컥 눈물을 삼켰다. 눈물의 저편은 무지갯빛이었다. 할아버지도 안데르센 동화에서처럼 무지개다리를 건너서 그곳에 당도하셨겠지. 천사들이 할아버지의 곁을 돌고 있는 환영을 보는 듯한 착각 속에 잠시 서 있었다.

가족들이 돌아가고, 빈 병실을 정리하며 퇴근 준비를 했다. 70년이란 세월 동안 당신이 가장 사랑하셨을 할머니, 천상에 좋은 자리를 잡고 재회의 그날을 기다리시겠지. 언젠가 따라가실 할머니가 어려운 길로 잘못 들지 않게 길잡이가 되어 주시고, 따듯한 손을 내밀어 줄 준비도 하시겠지. 그때도 가족들은 따뜻한 사랑으로 환송식을 하겠지.

생각이 끝도 없이 이어지는 퇴근길, 라디오에서 오래된 팝송 <마이 웨이>가 흘렀다. 나도, 내 사랑하는 이들도, 이 세상에서 저마다의 길을 걷다가 언젠가는 비슷한 모습으로 그곳에 도착하겠지. 다시 만나면 할아버지는 할머니의 손을 잡고 서서 이 짧은 며칠을 기억하시며, 나를 아는 사람이라고 반갑게 맞이해 주실까?

저를 아시나요

오랜만에 콜로라도스프링스 시내에 나왔다. 가끔 주말이면 남편하고 근사한 저녁을 먹거나 친구들과 어울려 점심을 먹기도 했던 곳. 작지만 깨끗하고 예뻐서 걸어 다니기 좋은 곳이다.

시내에 나온 이유는 선물을 사기 위해서다. 한국에 갈 때마다 꼭 선물할 일이 생기는데, 이번엔 콜로라도에서 생산된 특산물을 사고 싶었다. 가게들을 기웃거리며 이곳의 대표 여행지인 로키산맥, '신들의 정원'이 그려진 티셔츠 등을 뒤적거렸다.

시내는 크리스마스 장식과 멀리 파이크스피크 산정의 흰 눈까지, 한 폭의 그림과 같은 아름다운 풍경이었다. 조금 걸은 탓에 약간 더운 느낌이 들어, 100년 전통의 수제 아이스크림 가게를 찾았다. 가게 입구부터 보도블록 저쪽까지 사람들이 길게 줄을 서 있다. 관광객일까, 아니면 나처럼 답답함에 지쳐 모처럼 포근한 겨울 날씨에 쇼핑을 나온 사람들일까 궁금해하며 길게 늘어선 사람들의 표정을 살피었다.

줄을 서 있는 사람들 사이로 30대 후반쯤 되어 보이는 남루한 차림의 여자가 동냥한다. 지나치기에는 너무 가까운 거리여서 지갑에서 1달러 한 장을 건네었다. 그런데 얼굴을 보니 아는 사람이었다.

"혹시, 캐시 아닌가요?"

내가 묻자 그녀가 내 얼굴을 보며 말했다.

"저를 아시나요?"

"펜로즈 병원의 중환자실 간호사였어요. 한 15년 전쯤이죠?"

내 대답을 들은 그녀는 나를 뚫어지게 쳐다보더니 빼앗듯이 지폐를 잡아채고는 달아났다. 머리를 한 대 맞은 것 같았다. 옆에 길게 서 있던 사람들의 시선이 일제히 내게 쏟아졌다. 당혹스러운 나머지 아이스크림을 먹을 수도, 쇼핑을 계속할 수도 없어 서둘러 차로 돌아왔다. 차를 세우고 미리 결제했던 주차미터에는 아직 한 시간이나 남아 있었다.

돌아오는 길, 그날의 기억이 선명하게 떠올랐다. 캘리포니아주에서 콜로라도주로 이사 와서 펜로즈 병원의 중환자실에서 일을 막 시작했던 어느 겨울날이었다.

그날 총상을 입은 환자가 응급실과 수술실을 거쳐 중환자실로 왔다. 약혼녀와 함께 시내를 걷고 있었던 그는 어디선가 날아온 한 방의 총에 맞았다. 총상 환자의 경우 환부 입구는 작지만, 총알이 빠져나간 환부의 출구는 입구보다 훨씬 크다. 총알의 종류에 따라 다르지만 보통 다섯 배 이상이다. 더구나 복부 관통상인 경우에는 총알이 복부 내장 전체를 휘젓고 나갔다고 보면 된다. 환자의 복부는 부종이 심해 봉합할 수 없는 상태였고, 거즈 패킹 위에 투명 드레싱을 덮은 채로 왔다.

인공호흡기를 걸고 있는 것은 물론이고 출혈량이 너무 많아 생명이 위태로운 중환자였다. 환자의 상태는 매우 불안정했고, 투명 드레싱 밑으로 고이는 출혈 상태가 심상치 않았다. 15분마다 혈소판과 혈장, 혈구수를 측정했는데 매순간 떨어졌다. 계속 수혈을 했지만, 출혈에 비해 수혈이 훨씬 더디었다. 다시 수술실로 돌아갔고 복부대동맥의 출혈 부위를 다시 연결하는 수술을 한다고 전갈을 받았다.

정신없이 어질러진 병실을 정리하고 기구들을 청소하고 소독하는데 갑자기 원내 방송이 들렸다.

"코드레드, 3번 수술실."

혈액이 부족하다는 응급 신호다. 병원에 이 방송이 나오면 병원 직원들이나 보호자 혹은 방문객들이 급하게 헌혈을 하기도 한다. 코드레드는 조금 전 심한 출혈이 멎지 않아 수술실로 돌아간 그 환자였다.

대기실에 있던 약혼녀를 급하게 찾아서 상황을 설명했다. 그들은 이곳을 여행 중이었고, 여긴 아무 연고가 없다고 했다. 나는 그녀에게 가족들을 빨리 오게 하라고 일러둔 뒤, 간호사실로 들어섰다. 수간호사가 내게 혈액형을 물었다.

"AB형이야. 무슨 일이야?"

"혹시 지금 바로 헌혈해 줄 수 있을까? 병원 내 혈액이 동이 났어. 이웃 병원과 시내 혈액은행에서 가져오려면 적어도 한 시간 이상 걸려. 그동안 시간을 벌어야 해."

"알았어. 바로 갈게."

왜 그랬는지는 모르겠지만, 난 흔쾌히 우리 병원 안의 혈액은행으로 달려갔다. 1파운드만 하면 된다는 것을 이왕 하는 것, 2파운드도 괜찮다며 팔을 걷어 올리고 침상에 누웠다. 어차피 내 환자를 돕는 일이니까. 환자의 약혼녀와 또 다른 간호사 한 명도 헌혈했다. 그러는 사이에 이웃 병원에서 혈액이 도착했고 환자의 수술은 무사히 이어졌다.

11시간의 긴 수술 후 환자가 중환자실로 돌아온 것은 새벽 4시였다. 출혈이 멈추지는 않았지만 수술실로 돌아갈 때보다는 안정적이긴 했다. 하지만 밤 근무자와 아침 근무자의 인계 시간인 아침 7시경 환자의 상태는 급격히 나빠져 더는 손쓸 수가 없었다.

가족은 아직 오는 중이었고 약혼자는 몸을 가눌 수가 없을 만큼 힘들어하는데 경찰은 사건 경위를 조사한다며 여러 가지 질문을 했다. 둘이 여행을 왔고, 낯선 이곳에서 그가 총에 맞을 일은 없었다는 것이다. 뉴욕에 살았던 둘은 연휴를 즐기러 이 작은 도시, 로키산맥 끝자락을 찾아왔고, 설산을 즐기고 포근한 겨울 오후에 여느 연인들처럼 손잡고 시내를 걷고 있었을 뿐이었다. 이곳은 우범지역도 아니고 심각한 인종 갈등도 없었다. 총에 맞은 것은 확실한데 총알이 어디서 날아왔는지 오리무중이었다. 환부의 상태로 봐서는 꽤 가까운 곳에서 쏜 게 분명한데 목격자도 없었다.

난 몸을 가누지 못하는 약혼녀, 캐시를 사회사업가에게 인계했다. 그녀가 며칠 머물러야 할 숙소가 필요했고, 가족들이 도착하면 필요한 일이 있을 것이었다. 병원 내의 사회사업가는 타지역에서 온 환자 보호자들에게 병원 내에 있는 임시 숙소나 병원 근처의 숙소를 연결해 주는 일을 한다.

그날 밤 퇴근을 하는데 약간 어지러웠다. 무리하게 헌혈했던 탓인 것 같았다. 집에 돌아와 마침 푹 고아진 소고깃국 한 대접이 있어 그걸 먹고 잠을 청했다.

간호사 생활을 하면서 총기 사건이 흔한 일은 아니었지만 그들 또한 지나치는 한 환자였기에 내 기억에서 자연스럽게 잊혀 갔다. 미국에서 심심치 않게 들리는 총기사고는 총기 규제가 너무 형식에 그쳐서 그런 게 아닌가 싶다. 콜로라도주는 바지 뒷주머니나 손목 등 보이는 곳에 총을 차고 있으면 자기 방어용으로 규정해서 아무런 제재가 없다.

그나저나 15년이 지나 캐시를 다운타운에서 만났고, 그녀의 얼굴을 알아볼 수 있었다는 게 신기했다. 헌혈하는 침상에 누워서 들은 그들의 사랑 이야기가 워낙에 애잔했기 때문인 것 같다. 그런데 그녀가 왜 지금, 아직 이 동네에서 걸인 행색을 하고 있을까? 오늘 만났던 시간에 맞춰 내일 다시 시내에 가야겠다는 생각이 들었다. 대체 왜, 이곳에서 이러고 있느냐고 묻고 싶었다.

하지만 혼자서 다시 가려니 용기가 나지 않았다. 그래서 친구를 불러 상황을 설명하고 함께 가자고 도움을 청했다. 친구와 나는 시내 여기저기를 기웃거리며 그녀를 찾았지만 끝내 만나지 못했다.

목숨보다 사랑했던 첫사랑이 돌아올 수 없는 곳으로 가 버린 후, 그 죽음의 이유를 찾기 위해 그녀는 이곳을 떠돌고 있는 것일까. 아니면 그의 흔적이 조금이라도 남아 있는, 그와 함께했던 마지막 시간인 이곳에서 약혼자를 쏜 범인을 찾고 있는 것일까. 아니면 아직도 그 사랑을 놓지 못해 이 동네에서 헤매는 것일까.

시내를 얼마나 걸었을까. 동행했던 친구가 다리도 아프니 그만 돌아가자고 한다.

"그래야겠네. 사실 그녀를 다시 만난다 해도 내가 해 줄 수 있는 게 없는데."

단지 그녀가 여길 떠도는 이유가 궁금했다. 그 또한 그녀가 사랑했던 사람을 가슴에 안고 사는 방법인지도 모른다. 함께했던 시간들을 추억하며 사랑했던 시간들을 그리워하며 사는 일. 절절했던 사연이 있었을 수도 있고, 그 시간에 여전히 갇혀 있을 수도 있다.

내가 그녀를 간절히 찾았던 건 어쩌면 그 옛날 너무도 아팠던 내 첫사랑에 대한 기억 때문이 아니었을까. 그녀를 다시 만나면 이렇게 떠도는 이유가 무엇인지 묻고 싶었다. 자학 같아 보이는 그녀의 행위가 어쩌면 옛사랑에 대한 보상 심리 때문이라면, 이제 그만해도 되지 않냐고 말해 주고 싶었다.

콜로라도를 상징하는 선물은 결국 사지 못했다. 단것을 좋아하는 친구와 수제 아이스크림을 하나씩 먹으며 차에 올랐다. 입안에서 달콤하게 살살 녹는 아이스크림처럼 그녀의 사연도 이제는 녹으면 좋겠다고 생각했다. 어느새 시내에도 붉은색 노을이

내린다. 저 멀리 붉은 하늘로 그 옛날 내 아팠던 첫사랑도 떠나보낸다.

아픔
또한

삶의
일부니까

초대장을 받고 참석여부를 알려 달라는 뜻의 RSVP 카드에 참석하겠다는 회신을 보내면서도 과연 이것이 당일까지 비밀에 부쳐질까 싶었다. 한두 명도 아니고 50여 명이나 되는 가족과 친구들을 초대하여 클럽하우스에서 하는 깜짝 생일 파티다.

사라는 캘리포니아에서 만난, 나에게 가장 오래된 미국 친구다. 사라를 만난 건 미국에서 대학을 졸업하고 중환자실 간호사 훈련을 마친 뒤 막 일을 시작했을 때였다. 완벽하지 않은 영어와 촌각을 다투는 중환자실은 그리 녹록하지 않았다. 삼 개월의 인턴 기간이 끝나고 중환자실 내의 중요한 기구들을 다룰 수 있는 자격증들을 취득했지만, 막상 혼자 하려니 여간 부담스러운 것이 아니었다. 그때 옆에 있어준 이가 베테랑 중환자실 간호사였던 사라였다. 사라에게 얼마나 많은 질문을 쏟아냈는지 모른다. 가능하면 사라와 같은 날에 일하려 했다. 이런 내게 사라는 싫은 내색 한 번 안 하고, 나에게 도움을 주었다.

비슷한 나이와 환경, 그리고 또래의 아들을 둔 우리 둘은 비번인 날에는 같이 쇼핑도 하고 영화도 보는 등 친했다. 남편과의 입씨름, 시댁과의 갈등, 직장에서의 어려움, 요즘 유행하는 것들까지 이야기는 끝도 없었다. 가족들 모두 같이 만나면 아이들은 아이들끼리, 남편들은 남편들끼리, 우리 둘은 따로 시간을 보냈다. 아이들은 같은 고등학교에서 수구와 야구를 했고, 남편들은 맥주를 마셨고, 우리 둘은 와인을 마시며 수다로 들떠 있었다.

그런 사라를 위한 깜짝 생일 파티 초대장이었다. 사모관대를 쓴 한국 전통의 신랑 신부 인형을 한국식 보자기에 싸서 매듭을 묶고 생일 카드를 넣었다.

파티가 있던 금요일 저녁, 오후부터 분주했다. 파티에 입을 개량한복을 다리고 머리를 올리고 남편의 양복도 준비해 두었다. 클럽하우스에는 예쁜 풍선과 반짝거리는 장식, 원탁과 춤을 출 수 있는 공간과 라이브 밴드까지 준비해서 파티장 분위기는 제법 그럴싸했다. 오후 5시, 입구만 약간 어두운 조명을 남기고 파티장의 모든 불을 끈 채, 우리는 주인공을 기다렸다. 사라는 곧 남편과 함께 파티 장소로 들어섰다. 그와 동시에 불이 켜지며 박수와 밴드 음악이 커다랗게 터져 나왔다.

"생일 축하해!"

입구를 들어서던 사라는 얼음처럼 굳었다. 너무 놀란 표정이었다. 깜짝파티는 성공이었다. 사라는 깡충깡충 뛰면서 남편의 팔에 매달렸다. 마치 소녀처럼 좋아했다. 생일 파티 노래를 함께 부르며 파티는 무르익어 갔다.

저녁 식사가 끝나고 그녀의 살아온 인생을 돌아보는 <추억의 시간>이라는 비디오가 상영되었다. 부모님과 동생들이 함께 했던 어린 시절, 자매들과 신났던 학창 시절, 남편과의 연애 시절, 배가 남산만큼 부른 신혼, 생활인이 되어 가는 청장년의 시절들. 어느새 희끗희끗한 머리, 허리와 가슴이 분간이 안 되는 몸매, 눈가의 주름을 지닌 아름다운 한 여인의 인생이 15분짜리 필름에 담겨 있었다.

그중 가장 놀랐던 것은 영상에 담긴 큰딸에 대한 회상이었다. 사라에게는 큰딸이 있었는데 사춘기를 지나며 아이는 모진 선택을 했고, 끝내 엄마의 품속에 묻히고 말았다. 우리 모두가 알고 있던 사실이었지만 그 누구도 말하지 못했던 사라의 가장 큰 아픔이었다. 먼저 간 딸을 생각하면 늘 명치끝이 아팠을 거고, 누구라도 잡고 통곡을 하고 싶었을 거다. 엄마로서 자책감 또한 얼마나 무거웠을까.

평생 가슴에 살아 있을 딸아이. 오늘처럼 가장 즐거워야 할 시간에, 가까운 지인들이 모두 함께 보고 있는 이 순간에 묻고 살았던 아픔을 드러낸다는 건 나로서는 선뜻 이해할 수 없었다. 하지만 이곳에 있는 사람들 중 그 누구도 그 장면을 이상하게 생각하지 않았다. 누구도 대신해 줄 수 없는 아픔 또한 삶의 일부라는 생각 때문이었을까. 세월이 흘러도 엷어지지 않을 아픔. 자신의 분신 같은 딸을 회상하면서 사라는 눈물을 흘렸지만 곧바로 추슬렀고, 참석한 이들도 마찬가지였다. 삶의 온기 속에 아픔조차 묻어두는 사라. 친구들과 가족들 속에서 찾은 행복. 생일케이크를 나누어 먹으며 파티는 그렇게 끝이 났다.

명멸하는 도시의 불빛을 뒤로하고 어두운 샛길로 들어선다. 초승달은 숲 저편 가지에 걸려 있다. 나이가 든다는 것. 주름이 조금 깊어 가고 흰 머리카락이 늘고 어깨가 굽어도, 삶의 어느 부분도 감추어야 할 것이 없어졌다는 것은 참 편안한 일이리라. 함께 늙어 가며, 우리들의 시간에 카운트다운을 시작한다. 밤하늘에 은하수가 흐른다. 어둠 속에서 더 아름다운 은하수. 수많은 별빛 사이로 내 편안함도 던져 본다.

공포의 전염병과 싸운다는 건

어느덧 미국에서 산 지도 인생의 절반 이상이 되었지만, 강릉에 계신 노모가 걱정되어 아침마다 한국질병관리청에서 발표하는 코로나19 현황을 확인한다.

지난 금요일, 병원에서 오랫동안 같이 근무했던 친구 제인을 만났다. 엄마의 근황을 잘 알고 있는 제인이 물었다.

"엄마는 어떠셔?"

"무소식이 희소식이라고, 별 연락이 없는 걸 보니 잘 지내시는 것 같은데, 아무래도 내가 가 봐야지. 조만간 한국에 다녀오려고."

"잘됐네. 지금 같은 때는 병원에서 근무하는 것보다 그렇게 지내는 편이 더 안전할 수 있어. 병원 안은 심각해."

퇴직한 지 이 년, 가끔씩 동료들과 연락을 주고받으며 안부를 묻고 했지만 코로나19 사태가 터지고 어림짐작만 했을 뿐, 병원 내 상황을 자세히 들을 기회는 좀처럼 없었다.

제인에게서 듣는 병원 내 상황은 생각보다 심각했다. 병원에서 피부로 느끼는 환자 수는 이미 통제 불능 수준인 것 같았다. 내과 병동 한쪽은 아예 격리병동으로 만들었다. 출입 통제는 물론, 실내의 공기는 모두 음압 처리된다(호흡기 매개 감염병 환자의 격리를 위한 것으로 병실 내 공기가 외부로 유출되는 것을 차단하기 위함이다). 환자의 보호자들도 들어올 수 없으며 담당 의료진들도 그 안에서만 환자를 돌보다가, 퇴근할 때 소독실에서 몸 전체를 소독한 후에야 그곳을 나올 수 있다. 중환자실도 별도의 격리병동을 만들었다. 모든 의료진은 매일매일 완전무장에 가까운 보호 장비를 착용해야 한다. 통풍이 안 되는 방역 가운을 입고, 마스크와 방독면을 쓰고 환자를 돌보는 일이란 그리 녹록치 않다.

30여 년 전, 미국에서 막 간호사 일을 시작했을 때가 떠올랐다. 그때는 영어가 서투른 데다 일도 미숙해서 환자들이 밀어닥치는 종합병원이라는 공간이 낯설었다. 당시 나는 특정 과나 병동에 지정받지 않고 그때그때 인력이 부족한 병동에서 일하는, 플로트 풀을 지원했다. 미숙하고 두려웠지만 일을 가려서 할 처지가 아니었다. 당시 남편은 박사과정 중이었고, 아이는 겨우 초등학생이었다. 돈이 필요했고, 그러려면 일이 끊기지 않아야 했다. 그래서 날마다 다른 병동에 가더라도 매일 일이 있는 플로트 풀을 선택한 것이다.

내과 병동으로 지정받아 당직을 서는 어느 날이었다. 병동으로 출근해 인사를 하고 인계를 받았다.

"지은, 오늘 환자는 에이즈(AIDS, Acquired Immune deficiency Syndrome)야."

후천성면역결핍증. 지금에야 긴밀한 접촉이 아니라면 전염력이 없고, 매일 약을 먹으면 생명에 지장이 없는 질환임이 밝혀졌지만, 당시에는 원인을 알 수 없는 무서운 전염병이었다. 게다가 그즈음 세계적인 록밴드 퀸의 메인보컬인 프레디 머큐리가 에이즈로 사망한 사실이 알려져 에이즈에 대한 공포가 아주 컸던 때였다. 감염경로가 불분명하니 의료진에게도 에이즈 환자는 공포의 대상이었다.

모두가 기피하는 환자였지만 누군가는 간호해야만 하는 환자. 그가 바로 내 환자였다. 그날 밤, 젊은 남성 에이즈 환자를 간호하러 들어가며 켜켜이 껴입었던 가운, 장갑, 마스크 그리고 안경 위에 쓴 커다란 고글이 지금도 생생하다. 수시로 혈압과 체온을 체크하고, 약물을 투약하기 위해 환자와 대면할 때마다 긴장감의 연속이었다. 더구나 매일 새벽 침상 목욕을 시킬 때면, 더운 물의 열기까지 더해져 방호복 안에 땀이 물처럼 흘러내렸다. 온몸을 감싼 두꺼운 방호복 때문이기도 했지만 에이즈 환자를 돌본다는 극도의 공포와 긴장감이 나를 짓눌렀다.

근무를 마치고 방호복을 벗으니 그제야 빨갛게 덧난 귓등과 눈 밑의 고무줄 자국이 눈에 들어왔다. 이런 정도면 일하는 동안에도 아픔을 느꼈을 텐데, 긴장감 때문에 그 자리가 아려 오는 것도 모르고 있었다. 집에 돌아오자마자 온몸을 문질러 닦고 귓등에 바셀린을 발랐다. 지금은 환자에 대한 기억은 거의 없고, 그 장면만 생생히 떠오른다. 그때 생긴 버릇으로 난 아직도 목욕을 하면 피부가 벌겋게 될 정도로 닦는다.

한 번도 겪어 보지 못했던 코로나19 사태에, 알지 못하는 것들에 대한 두려움이 한없이 커진다. 주말 저녁에 친구들과 와인 한잔하며 이야기꽃을 피울 수도 없고, 대중교통을 이용한 여행은 언감생심 그림의 떡이다.

코로나19가 한참 확산되던 2020년 8월, 요양원에 계신 노모의 상태가 급격히 나빠졌다는 연락을 받았다. 치매도 더 진행돼 요양보호사도 못 알아보고 죽도 삼키기 어렵다고 했다. 미국에서도 코로나19 환자가 급격히 늘면서, 여행 자제령과 사회적 거리

두기 등 강력한 조치가 내려진 때였다. 이런 상황에서 비행기를 탄다는 것이 겁이 나기도 했지만, 어머니의 일이 아닌가. 가족들의 걱정에도 마음을 굳게 먹고 한국으로 떠났다.

덴버에서 로스앤젤레스, 다시 인천으로 이어지는 20시간 이상의 비행을 하며 이게 얼마나 큰 모험인가 체감했다. 승무원들은 유니폼 위에 하얀 방역 가운을 덧입었고, 마스크는 물론 안면 보호 장비까지 완전 무장을 하고 있었다. 그들 역시 움직이기 쉽지 않은 상황인데도 승무원들은 한국으로 향하는 비행기 안에서 13시간 동안 훌쩍거리는 내게 수시로 물을 갖다주며 컨디션을 체크했다.

그 방호복의 무게를 알기에 이 비좁은 비행기 안에서 승객들의 안전까지 책임지는 그들에게 고개가 숙여졌다. 인천공항에 내려서는 지정된 강원도 방역 버스를 타고 강릉에서 이 주간 자가격리를 했다. 이 과정에서 강릉 보건소 담당 공무원 등 곳곳에서 일하고 있는 방역 담당자들의 수고를 만났다.

어렵사리 만난 어머니는 유리창 너머로만 겨우 볼 수 있었지만, 그래도 이렇게 만날 수 있음에 감사했다. 위급한 상황이 발생하면 바로 달려갈 수 있다는 것만으로도 얼마나 위안이 되었는지. 다행히 어머니의 상태는 안정되어 위급한 상황은 면했다. 그렇게 한국에서 두 달을 머물고 미국으로 돌아왔다. 미국에도 남편이 혼자 있으니 너무 길게 집을 비울 수는 없었다.

그러나 미국으로 돌아오자마자 난 또 떠날 준비를 했다. 이렇게라도 어머니를 곁에서 볼 수 있는 시간이 그리 길지 않을 것 같아서다. 조금이라도 더 어머니의 얼굴을 보고 손을 잡고 기억하고 싶었다. 그 무렵 이메일을 하나 받았다. 콜로라도주 정부의 면허국으로부터 온 것이었다.

> 당신이 퇴직한 간호사임을 알지만, 복직 의사가 있다면 아래 홈페이지에서 신청해 주십시오. 복직을 신청하면 간호사 면허가 즉시 복원되며, 의무교육 30시간도 면제됩니다. 지금은 간호 인력이 절실히 필요합니다. 많은 시민이 코로나19로 고통받고 있습니다. 당신의 손길이 필요합니다. 지금이라도 복직해 주십시오. 간호 인력 한 명 한 명이 절실합니다.

그날 만났던 제인의 이야기가 떠올랐다. 의료계는 한 번도 경험하지 못했던 상황을 겪고 있었다. 고통받는 환자들과 동료들을 떠올리면 당장 병원으로 돌아가야 했지만, 선뜻 나설 용기가 나지 않았다. 간호사를 하면서 겪었던 힘든 순간들이 주마등처럼 지나갔다.

간호사 경력 대부분을 중환자실에서 지내다 보니, 하루하루가 아픔과 두려움의 연속이었다. 아들과 같은 또래의 젊은 환자가 갑작스런 사고로 부모의 가슴에 평생 묻히기도 하고, 나와 비슷한 나이의 중년의 여인이 불치의 암에 걸려 홀로 쓸쓸히 죽어갔다. 자연재해가 발생하면 24시간 대기를 해야 했고, 전염병이 유행하면 두렵지만 현장에서 간호를 해야 했다. 예상치 못한 일들을 늘 가까이에서 만났고, 그 일들 안에서 난 긴장하며 지내야 했다. 이제야 병원의 일상들을 조금은 편안하게 말할 수 있는데, 또다시 같은 일을 하고 싶지는 않았다. 여전히 현장에서 땀 흘리고 있을 동료들에게는 미안했지만, 내 마음은 두려웠다. 더구나 어머니를 만나러 한국에 자주 가야 한다는 그럴듯한 핑계도 내게는 있었다.

오늘도 아침이면 코로나19 뉴스를 찾아본다. 한국에서는 다시 유행의 조짐이 빨라지고 미국도 상황은 좋지 않다. 뉴스에서는 백신을 맞았더라도 마스크 쓰기를 권고하고 병원에서는 간호 인력을 비롯한 의료 인력을 걱정하며 인공호흡기 등 보호 장비의 부족을 염려한다. 백신 공급으로 항체형성 인구가 늘었다는 낭보에도, 의료 인력은 여전히 역부족일 듯하다. 오늘 아침도 그랬듯이, 코로나19 뉴스로 하루를 시작해야 하는 이런 일상이 언제 끝날지.

백신 공급으로 코로나19 사태는 소강상태로 접어드는가 싶더니 다시 3, 4차 유행으로 이어지고 있다. 이번 가을에 한국으로 가는 비행기를 예매했다. 어머니를 만나러 가는 길에 치러야 하는 이런 불편쯤은 얼마든지 감수할 수 있다. 그때쯤이면 좀 나아지지 않을까 내심 기대도 해 본다. 그러나 봇물 터지듯 늘어나는 확진자의 숫자는 그냥 숫자놀음만은 아닐 것 같아 아침마다 한국의 상황을 살핀다.

한국에 오더라도 얼마간 격리 생활을 해야 하고, 어머니의 얼굴은 창 너머로만 볼 수 있고, 저녁 8시 이후가 되면 집콕을 해야 한다 하더라도 나는 갈 것이다. 그곳이 전장이라도 어머니의 얼굴을 몇 번이라도 더 볼 수 있다면 그것만으로 괜찮다. 가까이에서 손을 잡을 수도 없고, 주름이 깊어진 얼굴을 만질 수도 없다고, 답답한 가슴으로 하늘만 쳐다볼 수는 없지 않은가?

준비된 마음으로 기다리는 그날

성당에서 피정(일상에서 벗어나 수도원 등에서 묵상과 기도로 자신을 살피는 일)을 해 본 신자라면 리빙 윌을 써 봤을 것이다. 나와 남편도 거의 10년 전쯤, 남편은 환갑을 바라보고 나는 50대 중반일 때, 리빙 윌Living will(생전 유서)을 쓴 적이 있다. 죽음을 목전에 둔 사람들을 간호하고 돕는 일을 했다고, 죽음을 자주 만났다고 해서 죽음에 대한 두려움이 줄지는 않는다. 다만 죽음의 의미와 '잘 죽는 일'은 생명의 연장선상에 있다는 사실을 확실하게 깨달았을 뿐이다.

중환자들은 대부분 예고 없이 찾아온 한순간의 사고나 중병으로 들어온다. 그중에는 예정된 수술을 하고 회복을 위해 잠시 머물다 가는 환자도 있지만 대다수는 그렇지 않다. 따라서 그들을 바라보는 가족, 친구, 지인 들은 평생에 한 번 있을까 말까 한 힘겨운 상황에 무척 당혹스러워한다. 더구나 환자의 상태가 나빠져서 마지막 시간을 맞이해야 한다면 그들은 공황 상태에 빠지기도 한다.

그때 나는 케이스 매니저로서 그들과 함께했다. 입원환자가 몸과 정신이 건강할 때 써 놓은 리빙 윌, 즉 리빙 윌이 있다면 환자가 원하는 것이 무엇인지 알 수 있어서 일을 처리하기가 좀 수월하다. 이를테면 인공호흡기를 걸고 일주일 후에도 좋아지지 않는다면 기계를 떼라든지, 현대 의학으로 고칠 수 없는 불치병에 걸렸거나 무의식 상태에 빠졌다면 생명 연장을 하지 말라는 등의 내용이 적혀 있으면 대부분 우리는 환자의 희망에 따라 치료 계획을 잡는다.

문제는 모든 환자가 리빙 윌을 써 놓은 사람은 많지 않았다는 데 있다. 퇴직자 모임이나 노인 거주지를 찾아가 권유도 하지만 리빙 윌 쓰는 사람은 많지 않은 듯하다. 통계를 낸 적은 없지만 경험상 입원 환자 중 20퍼센트 정도가 리빙 윌을 갖고 있었다.

입원환자의 리빙 윌이 있으면 복사본을 가져오게 하지만 의식이 없는 환자인데 리빙 윌이 없다면 메디컬 프록시라는 것을 만들어 둔다. 의식이 없는 환자를 대신해서 누군가가 치료나 수술 등에 대해 결정하게 하는 것이다.

예전에 내가 살았던 캘리포니아주에서는 이 권리가 환자의 배우자, 자녀 그리고 부모의 순서로 돌아가도록 주법으로 정해 두었지만 지금 내가 살고 있는 콜로라도주에서는 환자와 연관이 있는 사람이면 누구라도 이 권리를 가질 수 있다. 때론 가장 친한 친구, 직장의 동료가 그 권리를 갖기도 한다. 그러나 대개 배우자가 1순위로 결정권을 갖는다. 메디컬 프록시는 환자가 의식이 없는 동안만 유효하고 의식이 돌아오면 그 효능을 잃는다. 그런데 의식이 더디게 돌아오거나 영영 돌아오지 않을 경우 누가 그 결정권을 갖느냐는 큰 문제가 될 수 있다.

예를 들어 아들은 어머니를 수단과 방법을 가리지 않고 어머니를 살게 하고 싶은 반면에 딸은 현실적으로 어머니를 '이제 그만 편안하게' 해 드리고 싶다면 의료진은 누구의 말을 들어야 할지 갈피를 잡지 못할 때가 있다. 그럴 때 내가 나섰다. 나는 환자의 가족들과 친구 그리고 담당 의사들을 한자리에 모이게 한다. 그리고 환자의 경과와 예후를 이야기하고 다음 단계의 치료법을 제시한 뒤 누가 환자를 대신해 그 결정권을 가질 것인지 정할 것을 종용한다.

모두들 이야기를 나눈 후 만장일치로 한 사람을 결정하면 일은 쉬워지지만 그렇지 않으면 다시 만남을 주선하고 이야기를 계속 끌고 가야 한다. 이 과정이 길어지면 갈등은 골이 깊고 험해진다. 여러 번 미팅을 통해서라도 의견이 수렴되면 좋겠지만 어떤 땐 병원의 법무 팀에게 자문을 구할 때도 있다.

나는 중환자실에서 오래 일한 탓인지 이미 오래전에 리빙 윌을 만들어 두었다. 남편도 마찬가지이다. 덕분에 우리 둘은 서로가 마지막 순간을 어떻게 맞고 싶은지 확실히 알게 되었다. 자신의 존엄성을 지키면서 마지막을 보낼 권리를 스스로 만들어 놓는 것, 육체와 정신이 건강했을 때 정해 놓아야 목숨을 잡고 끝까지 버티는 모순을 피할 수 있다. 그렇게 버티는 것은 지켜보는 사람에게도 고통이고, 환자에게도 생명으로서의 의미가 전혀 없는 경우를 많이 보았다.

백 살이 넘은 환자를 만난 적이 있다. 할머니는 운전을 제외하고는 모든 것을 손수 해결하면서 독립적으로 사셨다. 집안에서 넘어져 다리 골절상을 당한 할머니는 수술이 끝나고 중환자실에서 의식이 돌아오자 육두문자를 섞어 쓰며, 다시는 인공호흡기를 걸지 말라고 했다.

나는 할머니에게 리빙 윌이 있는지 물었고, 할머니는 그 자리에서 리빙 윌을 작성했다. 그러면서 진작에 작성하지 못해 수술을 받게 된 것을 후회했다. 그냥 편안하게 하느님 나라로 가시고 싶었던 모양이다. 동시에 다시 병원에 오는 일이 있게 되더라도 응급조치를 취하지 말고 편안하고 자연스럽게 죽게 해 달라는

'DNR, 즉 어떤 경우에도 심폐소생술을 실시하지 말 것'도 부탁했다. 나는 차트에다 모든 병원에서 공통으로 쓰이는 보라색 사인을 붙이고 팔찌도 채워 드렸다. 나중에 재활을 위해 요양병원으로 가실 때에는 목걸이를 만들어 걸어 드렸다. 누가 보아도 할머니는 편안하게 가실 준비가 되어 있었다.

구순이 넘은 어머니가 무릎 수술을 하시겠다고 연락이 왔을 때 나는 서둘러 한국을 나갔다. 그리고 수술 전에 리빙 윌이 있어야 한다는 병원 측의 설명을 듣고 어머니의 리빙 윌을 받아 두었다. 한국 방문 때마다 묻고 싶었어도 조심스러워 묻지 못했던 일이었다. 다른 사람들도 다 그럴 것이다. 연세가 높으신 분들께 그런 것을 여쭤본다는 것은 불효막심한 일처럼 보일 수도 있기 때문이다. 그러나 세상에 왔으면 가는 것이 사람의 일인데 일이 벌어지고 난 후 우왕좌왕하기보다는 살아생전에 어르신들의 소망을 들어 놓는 편이 더 바람직하다.

화장, 수목장, 매장 등등의 장례절차를 포함해서 중환이 생기면 목숨을 연장하기 위한 치료는 거부한다거나, 그래도 최소한의 연명치료는 원한다거나 하는 바람을 적어 두면 남겨진 이들에게는 상당한 도움이 된다. 유산의 분배를 적어 두는 것도 후일 분쟁의 소지를 막을 수 있다. 나도, 내 아들도 혼자이기 때문에 그런 분쟁에 휘말릴 일은 없겠지만 혹시라도 어머니가 재산을 사회 환원하고 싶어 하신다면 기꺼이 받아들여야 할 테니까 말이다. 사회에 환원해야 할 만큼 재산이 많다는 것이 아니라 이를테면 그렇다는 말이다. 또한 어머니의 건강에 문제가 있을 경우, 나의 의지가 아니라 어머니의 뜻대로 해 드리는 것이 좋으니까 말이다.

지하 작은 금고 속에 넣어 둔 우리들의 리빙 윌, 준비된 마음으로 그날을 기다린다.

받을 수 없는 편지

먼 길을 떠나는 친구에게.

오랜만에 소식 전하네. 눈을 뜨면 바다가 보이는 곳으로 이사를 왔어. 먼발치로 파도도 보이고 새벽 일출이 일품인 곳이야. 가끔 일렁거리는 물결을 하염없이 넋을 놓고 쳐다보곤 해. 사는 일에 너무 치였던 지난 시간을 보상받는 거라면 너무 과장일까? 시리게 외로웠고 아리게 그리웠던 고향의 풍경들이야. 이 풍경을 너와 함께 보았더라면 얼마나 좋았을까?

모니카, 기억하니?

너와 함께 갔던 산타크루즈 해변에서 내가 했던 이야기. 바다는 발밑에서 출렁거렸고, 제방에 꽉 차 있던 바다사자들, 그 시끄러운 소리조차 아름다운 합창 같다고 우린 말했었지. 그곳에서 나는 너에게 내가 나고 자란 곳에도 바다가 있다고 했었지.

바람이 많이 부는 날, 긴 방죽을 따라 걸으면 집채만큼 커다란 파도들이 집어삼키듯 달려들곤 했잖아. 내가 너무 좋아했던 그 커다란 파도들. 넌 호수처럼 잔잔한 바다를 좋아했고. 그래서 바다가 어떤 모습이든 너에게는 '바다가 참 좋다'라고 할 만한 이유가 충분했지. 바다 풍경은 그 어느 하나도 놓치고 싶지 않은 내 아름다운 추억의 조각들이지.

여긴 솔밭도 아름다워서 파도 소리를 들으며 거의 매일 솔밭길을 걷곤 해. 해송 사이로 난 길을 걸으며, '바다' 하면 늘 생각나는 네 이름을 떠올린단다. 산타크루즈 해변, 그곳에서 했던 많은 이야기. 철부지 첫사랑 이야기. 연애 이야기. 남편을 만난 이야기. 유학생 가족과 이민의 이야기. 그리고 산타크루즈를 다시 고향이라고 생각하며 살고 있다는 이야기. 삶의 궤적은 일렁이는 파도에 묻혀 버린다 해도 이만큼 살고 나니 그 일들도 참 아름다웠네.

네 이야기는 주로 네 생활의 일부가 되어 버린 투병에 관한 이야기였지. 얼마나 더 살 수 있을까? 이젠 병가를 내는 것조차 미안해서 그냥 버티는 데까지 버틴다고, 일하면서 병행해야 하는 항암 치료로 동료들과 일정표를 바꾸는 일조차 버겁다고 했지. 내가 가장 쉽게 부탁할 수 있는 친구라며 내가 너를 도울 수 있는 방법이 그것밖에는 없었어. 할 수 있는 데까지는 너의 일정표를 대신해 주려고 노력했어. 그리고 시간이 남으면 바다를 함께 갔지. 바다를 보며 커피를 마시거나 클램차우더 하나를 주문해 갓 구운 빵을 찍어 먹는 그 소소한 행복을 좋아했잖아.

그날 병원 주차장에 서서 들려주었던 너의 이야기. 평생 잊지 못할 거야. 난 그날 낯선 미국 땅에 처음 발을 내딛었을 때부터 곁에서 힘이 되어 준 친구, 미나의 유방암 재발 소식을 듣고, 일하다가 소리 죽여 울었었지. 그 모습을 본 네가 퇴근길의 나를 잡고, 네 전화번호와 이메일 주소를 내 친구에게 전해 주라고 했지. 먼저 경험했던 사람에게 자신의 이야기를 털어놓는 것만으로도 그 친구가 편해질 수도 있다면서.

그리고 내 등을 두드려 주었지. 자신도 아직 진행형이라고. 너를 위로해 줘야 하는데, 난 오히려 너로부터 위로를 받았지. 그랬던 네가 지금은 여기에 없네. 손이 닿지도 않고, 전화도 안 되고, 이메일도 받을 수 없는 그곳은 어떻게 생겼을까 궁금해하며 소식을 전해. 마음은 그곳에 닿을 수 있을 것 같아서.

봄바람이 싸늘했던 언젠가, 너는 팔랑거리는 가벼운 걸음으로 내게 다가와 너의 이야기를 해 주었지. 그 후 점심시간마다 구내식당에서 우리는 만났지. 그렇게 병마와 길고 힘든 싸움을 하면서도 내색하지 않던 너였어.

그리고 넌 나에게 그렇게 말했지.

"시간이 되면 절친이 산다는 샌디에이고에 좀 다녀와. 네가 별 할 일이 있는 것은 아니겠지만, 그래도 옆에 있으면 위로가 될 거야."

난 그다음 주, 비번인 날 절친을 만나러 갔지. 차 안에 앉아 창가로 얼굴을 내민 절친은 손을 흔들며 웃었지. 옷 색깔에 맞추어 쓴 모자. 내 가슴은 툭 떨어졌어. 예상하지 못한 건 아니지만 탈모가 많이 진행됐구나 싶어서 빈말이 나왔지.

"모자가 잘 어울려, 바람막이가 잘 되겠네. 좀 있으면 머리가 길겠지. 그럴 땐 젤을 좀 발라서 펑크 모양으로 하면 멋스럽게 젊어 보이겠어."

"수술 후 항암 치료 중인 지금이 제일 힘들다고 해. 약 때문에 뭘 먹으려면 힘들어. 구토가 계속되고 혹 음식을 입에 넣어도, 무슨 철 조각들이 입안에 가득한 느낌이야. 모든 음식의 맛이 다 똑같은 철분 맛이라면, 못 알아듣겠지?"

전화로는 말하지 못했던 두려움과 불안감, 외로움에 대한 이야기도 했어.

"24시간 누군가의 도움이 없이는 아무것도 할 수 없다는 것이 날 참 힘들게 해. 생각이 많아질수록 밀려오는 외로움, 미래에 대한 두려움. 옆에 누구라도 있어야 내가 살아 있다는 느낌이 들어. 아이들은 학교에 가야 하고 남편은 일하러 가야 하잖아. 이곳에 친구들도 있지만 다들 각자의 생활이 있잖아. 어떻게 나만을 위해서 모든 시간을 내게 할애해 달라고 하겠어? 이런 때 며칠이라도 온전히 같이 있을 수 있게 네가 와 줘서 참 고마워."

그리고 절친의 집에서 잣죽을 끓이며 네 이야기를 좀 더 자세히 할 수 있었어.

"너하고 똑같은 유방암이야. 수술도 했고 아직도 치료 중이야. 아픔을 공유하는 공통분모가 있으니 서로에게 도움이 될 수도 있지 않겠어. 그래서 그때 연락처를 네게 준 거야."

둘은 서로 몇 번 통화를 했고, 어느 날부터 그 친구가 전화를 받지 않더라는 이야기도 했어. 이미 그땐 넌 전화를 받을 수가 없었지.

모니카. 너의 아픔을 공유하고, 너의 아팠던 부분을 드러내 보임으로써 스스로 치유가 된다고 했던 친구야. 아픔을 겪는 친구에게 어떻게 다가가야 하는지, 어떻게 위로해 줘야 하는지 모르는 나에게 많은 생각을 하게 했어. 커다란 파도에 세월을 묻어 버리고 잔잔한 물결들에 너의 미소와 따스함만 담아 둬. 혼자 가는 길이 외롭고 쓸쓸하더라도, 잠시 다녀가는 이 길이 편하지만은 않았더라도, 짧은 나들이 속에 기억되는 우리들의 모습이 있다면, 그것만이라도 감사한 일 아니겠냐고 생각하며.

내 고향, 한국의 바닷가 경포에는 세상에서 제일 느린 엽서를 보내는 우체통이 있어. 작년 여름, 혹시나 하며 보냈는데 그해 겨울 미국 집으로 엽서가 배달되었어. 추억이 배달된 거지. 그 느린 엽서에는 내 손 글씨로 이렇게 쓰여 있더라.

“지은아. 푸른 바다에 다녀간다. 아름다운 생각과 행복한 마음만 간직하고 살자. 살아갈 날이 살아온 날보다 짧은 게 분명한 오늘, 나에게 보내는 엽서 속에서 나는 환한 웃음이고 싶네”

엽서 속의 사연을 기억하지도 못했는데 받고 보니 생경했어. 다음에 또 경포에 가면 그때도 똑같은 엽서를 보내려고 해. 이 엽서가 느리게 내게 도착한 것처럼, 이 편지도 너에게 천천히 도착하였으면 싶네.

내 절친은 그 후에도 한 번 더 재발되어 어려운 고비를 넘겼지만, 아직 잘 지내고 있고, 가끔 연락하며 지내. 그런데 네가 이 편지를 받을 수 있는 수취인 주소가 없어서 어쩌나 싶네. 하늘나라 천국도 평화시 행복동 그런 주소가 있나 찾아봐야겠어. 바다가 보이는 곳에서 네 생각을 하며 이 편지를 마칠게. 네가 함께 걱정했던 내 절친은 잘 있다는 이야기도 함께 전하며.

온콜,

24시간 대기 중

중환자실에서 평간호사로 일하던 시절, 참 많이도 온콜On-Call을 했다. 온콜은 휴게 시간 중 호출 대기로 병원에서 응급상황으로 의료진이 부족할 때 집에서 대기하는 인력을 호출해 바로 현장에 투입하는 제도다. 온콜을 기다리는 동안에는 시간당 수당의 절반을, 현장에 투입되면 시간당 1.5배를 받을 수 있었다. 젊기도 했지만, 생활비가 간절한 내게 온콜은 더할 나위 없이 좋은 기회였다. 비번일 때 특별한 일이 없으면 온콜을 자청하곤 했다.

온콜은 병원에서 전화가 오면 그날 근무 일정이 결정된다. 대개는 어둠이 채 가시기도 전인 새벽 5시경에 병원에서 전화가 온다. 그 시간이 돼야 당일 수술 일정이 정확하게 나오고, 중환자실에 인력이 더 필요한지 아닌지를 판단할 수 있기 때문이다.

"지은, 좋은 아침! 오늘 일정표를 보니 수술 후 중환자실로 올 환자가 두어 분이야. 심장수술 환자도 있고, 뇌수술 환자도 있네. 낮 근무시간에 온콜 어때?"

"좋아, 갈게!"

나의 대답은 대부분 '오케이'였다. 환자가 수술을 끝내고 중환자실에 오는 시간에 맞춰 출근하면 되기에, 체력 비축을 위해 다시 잠을 청하지만 새벽에 깨 버린 잠은 좀처럼 다시 오지 않는다. 가끔은 전화벨 소리에 선잠을 깬 남편과 아이도 같이 일어난다. 식구들이 일어나면 하는 수 없이 나도 커피를 내리고 도시락을 싸면서 아침을 시작한다.

아이와 남편이 나가면 마당으로 커피를 들고 나가 혼자만의 시간을 잠시 즐긴다. 그러곤 출근 전까지 집안일을 끝내려고 빨래를 세탁기에 넣고, 먼지를 털고 청소기를 돌린다. 그럴 때쯤 다시 병원에 전화가 온다.

"빨리 나와 줄 수 있을까? 환자는 지금 회복실에 있어. 심장수술 환자이고, 3호실이야. 조금 이따 봅시다."

출근 준비를 하며 남편에게 전화를 건다.

"여보, 나 지금 출근해. 저녁거리는 냉장고에 있고, 밥은 취사 예약해 뒀어."

차에 시동을 걸어 차고를 나가며 마음을 다잡는다. 심장수술

환자를 이틀에 한 번씩은 맡지만, 어떤 경우에도 긴장을 늦춘 적이 없다. 운전하면서 출근하면 해야 할 일들을 스스로 상기해 본다. 머릿속에서 필요한 약물, 의료기기 들도 점검한다. 일이 익숙해졌을 만도 하지만 긴장을 늦추지 않는 것은 혹시라도 생길지 모를 실수를 미리 막기 위함이다. 의료인의 실수는 한순간 목숨과 맞바꾸게 될 수가 있으므로.

특히 심장수술 같은 경우에는 여러 약물을 동시에 주입하는데, 이때 약물들의 상호작용을 확인한 뒤 연결해야 한다. 수액에 약물 투여 순서를 바꾸는 등 잘못 연결하면 수액 튜브에 침전물이 생겨 약이 안 들어가거나, 혹은 체내로 빠르게 주입되면 혈전을 일으키기도 한다. 또한 투약의 용량도 아주 미세한 단위로 나뉘는 데다가, 체중에 비례해서 약물을 투입해야 하므로 매시간 환자의 체중을 정확히 체크해야 한다. 수술 직후 수액 공급량이 늘어나면 일시적으로 체중이 증가하기도 하는데, 이는 단순히 체내의 수분량이 늘어난 허수이니 주의해야 한다. 따라서 수술 전 체중을 꼭 기록해 둔다든지 하는 기초적이고 단순한 것을 더 꼼꼼하게 챙겨야 한다.

심장 상태를 알 수 있는 심전도 모니터를 연결할 때도 마찬가지이다. 전극을 연결할 때 좌우의 위치가 바뀌면 파형이 달라질 수도 있어 에러가 생긴다. 컴퓨터가 이 에러를 그대로 읽으면 의료인이 환자의 상태를 오판할 수도 있다.

굵직한 부분부터 아주 세밀한 부분까지 무엇도 절대 간과하면 안 되는 곳이 중환자실이고, 특히 심장수술 같은 대수술 직후의 간호는 더욱 주의를 요한다. 그래서 작은 실수라도 하지 않으려고 출근길에 머릿속으로 할 일을 상기하는 것이다.

병원 입구에서 타임카드를 찍고 중환자실 중문을 열고 들어가는 그 순간부터는 팽팽한 긴장의 끈을 한시라도 놓칠 수가 없다. 환자의 상태에 따라 주어진 시간 안에서 최선을 다해 환자를 보살핀다. 모니터를 읽는 것부터, 약물 하나까지. 그 용량과 숫자가 표시하는 상태를 정확히 인지해 간호하는 것이 중환자실 간호사의 일이다. 가끔 환자들의 마취가 덜 깬 상태가 좀 길게 지속될 때도 있는데, 마취가 덜 깼다 하더라도 환자에게 왜 그 약물을 투약하는지, 왜 이 기구를 사용하는지, 왜 이런 치료를 해야 하는지 등 처치와 관련해서 자세히 설명해 주는 것 또한 중환자실 간호사의 의무이다.

환자 보호자가 옆에 있다면 보호자에게도 같은 설명을 해야 한다. 가끔 환자의 상태가 아주 위중하면 나를 도와주는 간호사가 지정되기도 하는데, 그럴 땐 그 간호사에게도 정확하게 도움을 요청해야 한다. 이 약이 얼마만큼 언제 필요하고, 이 치료가 왜 필요하며, 나를 어떻게 도와야 하는지 말이다. 환자의 주 간호사인 나는 침상 곁을 떠나서는 안 된다. 내가 물을 마시거나 화장실을 가야 하는 생리적인 현상이 있을 때는 다른 간호사 혹은 수간호사를 반드시 환자 옆에 있게 한 후, 잠시 자리를 뜰 수 있다.

이렇게 긴장된 서너 시간의 간호를 하면 대부분 의식이 돌아오며 수술 후 상태도 안정적으로 돌아온다. 그때쯤 간호기록을 다시 살피고 빠진 부분들은 없는지 확인한다.

커피를 한 잔 더 마시며 생각한다. 작은 일이지만 온콜로 내가 중환자실에서 쓰였던 것처럼, 나의 그분도 나의 온콜이 되어 어디에선가 나를 기다리고 계실까? 누군가 내게 종교가 무엇이냐고 물으면 일 초도 생각하지 않고 가톨릭이라고 답한다. 영세를 받은 지 반평생이 지났고, 주일미사를 거른 적도 없고, 기도회도 잘 나가고, 성당의 대소사에 관여하는 사목 위원이기도 하다.

매사에 열심이니 종교에도 열심인 걸까. 빈 벤치에 앉아 먼 산을 바라보는 것 같은 믿음의 갈증. 어떻게 하면 이 조갈을 풀 수 있을까가 화두가 되어 스물스물 머릿속을 기어다닌다. 나의 그분은 오늘도 내 갈증을 알고 내가 어렵고 힘들 때 손잡아 주며, '여기 내가 있다' 하고 이야기해 줄까? 이른 새벽 전화벨을 울리면서.

4부

그럼에도

삶은 계속된다

내 마음같이

미국에서 간호사 자격증을 따고 제일 먼저 일을 시작한 곳은 병원이 아닌 작은 요양원이었다. 그땐 영어도 서툴렀으니 어디든 일을 시켜 주는 것만으로도 감사한 일이었다. 더구나 그곳에서는 가족들의 영주권까지 해결해 준다고 하였으니 마다할 이유가 없었다.

그 요양원에는 70여 명의 환자가 총 세 개의 병동으로 나뉘어져 지내고 있었다. 내가 일하는 간호사실과 가장 가까운 병동에는 중증환자들이 있었다. 인공호흡기를 통해서만 호흡할 수 있는 환자가 네 명, 전신마비 환자들이 몇 명, 반신불수의 환자들이 몇 명. 그렇게 열두어 명의 환자가 있었고, 나머지는 노인성 질병 환자들이었다. 나머지 두 개 동에는 치매, 뇌졸중 후유증으로 언어나 행동장애가 있는 분들이 지내고 있었다.

요양원 인력은 턱없이 부족했다. 요양원 내의 간호사는 간호 과장, 간호 감독 그리고 오전, 오후, 밤 근무를 서는 간호사 한 명씩으로 다섯 명에 불과했다. 나머지는 간호 업무는 간호조무사들이 일을 나눠 했다. 간호사 면허증이 있다는 이유만으로 투약과 병상일지 기록 등의 책임을 맡아서 무척 부담스러웠던 시간이었다.

당시 가장 힘들었던 일은 연이어 두 타임을 근무하는 것이었는데, 밤 근무가 끝나고 퇴근할 시간에 오전 근무에 들어와야 할 간호사가 아프다며 결근하는 경우였다. 의료법상 한 근무조에 간호사가 반드시 한 명은 있어야 했기에, 그럴 때면 난 퇴근을 못하고 꼼짝없이 연장 근무를 해야 했다. 연장 근무를 하면 추가 수당이 나왔는데, 월급보다 연장 근무 수당이 더 많은 달도 있었다.

치매 환자가 대부분인 미국의 요양원에서 환자를 돌보는 일은 간호조무사가 한다. 환자 상태의 경중에 따라 차이가 있으나 일반적으로 간호조무사 한 명에게 맡겨진 환자는 다섯 명이다. 미국의 각 주마다 간호조무사의 자격 요건은 다소 다르지만, 고졸 이상의 학력에 일 년간의 교육, 육 개월간의 실습 후 시험에 통과하면 자격증이 나온다. 간호사는 삼 년 이상 대학 교육과정을 이수하고 이 년 이상의 임상 실습 후 연방정부에서 실시하는 시험에 합격해야 하는 전문 직업인이다.

간호조무사의 아침 일과는 환자를 세수시키고 옷을 갈아입혀 휠체어에 태워 식당에 오는 것으로 시작한다. 실습을 나온 간호학과 학생이나 사회복지사 실습생이 환자의 식사를 돕기도 한다. 그 시간 간호사는 환자들의 식전, 식후에 필요한 약을 챙긴다. 환자의 상태에 따라 약을 잘게 부수거나 가루 형태로 만들어서 환자가 약을 잘 삼켰는지까지 확인한다.

아침 식사가 끝나면 그림 그리기, 숫자 놀이, 퍼즐 게임, 물리치료 등등 매주 정해진 프로그램에 따라 활동을 진행한다. 일주일에 한 번은 환자들의 목욕도 시키는데, 그날은 하루 종일 수증기에 땀범벅이 된다. 환자를 깨끗이 씻겨 로션을 발라 줄 때면 옛날에 아이를 키우던 시절이 생각난다고 우리끼리 말하기도 했다.

봄바람이 유독 매섭던 몇 해 전 어느 날. 고향인 강릉의 작은 언덕 위에 있는 요양원에 엄마를 모시기로 결정했다. 쉽지 않은 선택이었지만 고심 끝에 결정한 최선책이었다.

그해 이른 봄 어머니는 양쪽 무릎 수술을 하시겠다고 했다. 관절염을 앓은 지도 30년이 넘었다. 서둘러 한국에 올 계획을 하던 중, 어머니가 아파트의 부엌 쪽에서 넘어져서 입원을 했다. 부랴부랴 더 빠른 비행기표를 바꿔 어머니가 계신 병원을 찾았다.

회진을 온 의사는 MRI에서 크고 작은 뇌졸중 병변이 여러 개 발견되었다고 했다.

“전에도 쓰러진 적이 있었을 텐데, 모르셨어요?”

“제가 가까이에 안 살아서…….”

죄인과 같은 마음으로 머리를 숙이고 대답을 했다. 딸이지만 가까이 살지도 않고, 전화도 어쩌다 보면 보름만에야 할 때도 있었다. 가끔 전화하는 것으로 의무를 다하는 대단한 효녀로 스스로 착각한 게 죄스러웠다.

문제는 무릎만이 아니었다. 치매 증상도 보이셨다. 가끔 잠들었다 눈을 뜨시면 날 전혀 못 알아보시는 것 같았다. 퇴원을 했지만 도저히 혼자서는 일상생활을 하실 수가 없었다. 한 달 정도 간병인을 쓰며 어머니를 간호했으나 여간 힘든 일이 아니었다. 혼자서 어머니를 들기도 버거웠고, 목욕을 시키는 것도 불가능했다. 모든 기운을 빼고 있는 상태에서 어머니의 대소변을 받아 내고 몸을 움직이고 하는 일은 생각보다 힘이 들었다. 집에서 혼자 어머니를 모시는 일은 불가능하다고 판단해서 요양원에 모시기로 했지만, 결코 쉬운 결정은 아니었다.

그해 어버이날엔 혼자 많이 울었다. 점심시간에 맞춰 매일 면회를 갔고, 요양원을 나설 때마다 눈물이 멈추지 않았다. 그야말로 절절히 가슴을 에이는 듯한 느낌. 누가 어머니의 안부라도 물으면 수도꼭지를 튼 것처럼 눈물이 흘렀다. 어떤 땐 통곡을 하기도 했다. 평생 나 하나만 바라보고 살아온 어머니를 요양원에 보내다니……. 죄책감에 미칠 것 같았지만 현실이었다. 무남독녀 외딸이니, 어머니를 직접 모셔야 하는 게 당연한 일이다. 그러나 난 결혼 후 그러지 못했다.

한국에서는 부모를 요양원으로 모시는 일에 대해 자식들이 부담감을 많이 느껴서 되도록 안 하는 것 같은데, 미국에서는 부모를 요양원에 모시는 것에 대해 큰 거부감이 없다. 환자 역시 마찬가지다. 완전한 재활을 위해서 혹은 병원에서 퇴원 후 좀 더 나은 상태로 집에 가기 위한 중간 단계로 여긴다. 난 미국에 산다는 핑계를 대며 어머니를 요양원에 모셨다.

어머니를 요양원에 모신 지 넉 달 만에 한국에 갔다. 어머니는 생각보다 요양원에 잘 적응하고 계셨고, 노래 부르기, 그림 그리기, 게임하기 프로그램에서도 잘 따라 하셨다. 간호학과 학생들이 실습을 나오는 날엔 휠체어에 태워 밖으로 나온다. 멀리 요양원 아래로 보이는 시내 풍경이랑 소나무 숲이 우거진 뒷산이랑 풍경을 감상하고 햇볕을 쬔다. 어머니는 이제 요양원에 잘 적응이 되어 집처럼 편안해하시는 것 같다.

난 다시 미국으로 왔고, 원장님은 내게 전화로 어머니를 연결해 주고, 사진을 보내 주고, 어머니의 상태를 알려 준다. 나는 영상통화를 하며 엄마를 수없이 부르지만, 엄마는 날 알아보지 못하실 때가 이제는 더 많다.

겨울이지만 오늘은 봄날처럼 포근하다. 동네를 산책하다가 이마까지 모자를 눌러쓴 등이 구부정한 노인을 만났다. 갑자기 어머니가 잘 계시겠지 하는 생각이 들면서, 걸음을 재촉해 본다. 따뜻한 그곳에서 어머니도 편안하셨으면 좋겠다. 내 마음같이.

비록

아빠가
안 계셔도

아무리 나이가 들어도 '엄마, 어머니'라는 단어만 들으면 눈물이 나는 건 어쩔 수 없나 보다. 내게 엄마라는 단어는 평생 지고 가는 마음의 빚이다. 철이 들며 '왜 나는 아버지가 없을까?'라는 질문을 수도 없이 했다. 아버지의 죽음을 기억하지 못했던 어린 나이였고 이해하려고 해도 이해되지 않았다. '친구들은 다 아버지가 있는데 왜 나만 없지'라는 생각은 머릿속에서 떠나지 않았다.

외할머니는 일하는 엄마를 대신해 늘 푸근하고 따듯하게 날 보살펴 주셨다. 그리고 같이 사는 외삼촌네가 아버지의 빈자리를 채워 주었다. 그러나 외삼촌네가 내가 중학교에 들어갈 무렵 서울로 이사를 가면서 엄마, 외할머니, 나 이렇게 셋만 살았다. 북적거리던 집에 달랑 셋만 남겨지니 내가 무남독녀임이 새삼 실감 났다.

고등학생이 되면서 점점 더 혼자만의 세계로 빠져들었다. 독서를 뺀 다른 어느 것도 눈에 들어오지 않았다. 내일이 기말고사여도 읽고 싶은 책이 있으면 그 책을 붙잡고 밤을 꼬박 새곤 했다. 당연히 성적은 점점 떨어졌지만 백일장 등을 나가면 제법 큰 상을 타곤 했다. 남들은 "아버지를 닮아서 글 쓰는 재주가 있다"라고 했고, 난 내가 문학을 전공할 줄 알았다.

엄마는 단아한 통치마와 저고리가 잘 어울리는 신여성으로 초등학교 교사였는데 서른 전에 혼자되셨다. 사범학교를 졸업하고 교사를 하던 중 아버지가 장래가 유망한 시인이라는 말에 선을 봤고, 결혼을 했다. 그리고 서울로 올라갔는데, 아버지는 단칸 셋방에서 신혼생활을 시작한 것이 미안해 주야간 근무를 자청하며 무리하게 몸을 혹사했다. 그로 인해 간암에 걸려 어머니와 나를 두고 구름나라로 가셨다. 난 아버지를 '구름나라 시인'이라고 불렀는데, 초등학교 5학년 때 '아버지는 구름 나라 시인'이라는 제목으로 쓴 글이 잡지 <어린이>에서 장원으로 뽑히기도 했다.

겨우 아장아장 걷는 딸을 데리고 강릉 친정으로 내려온 엄마는 교사로 복직했고, 난 외할머니와 지냈다. '애비 없는 자식' 소리를 듣지 않게 하기 위해 엄마는 나에게 엄하셨고, 난 반항하며 사춘기를 보냈다.

결혼을 하고 남편의 존재가 고맙고 푸근한 걸 느낄 때마다 어머니의 속을 썩였던 지난날을 후회하지만 시간이 이미 너무 많이 흘렀다. 앞으로 엄마를 만날 수 있는 시간도 길지 않을 것 같다. 엄마가 요양원에 가신 후 거의 서너 달에 한 번씩 찾아뵙는다. 그리고 강릉에 와 있을 때마다 엄마의 짐을 조금씩 정리했다. 어느 날 마주할 시간에 당황하지 않기 위해서다.

그러다가 찾은 보물들이 있다. 엄마가 혼자된 후 <여원>이라는 잡지에 기고한 글이다. 이 글을 읽으면 엄마의 기대를 그렇게 많이 받았는데 그에 못 미치는 딸이 된 것이 너무나 죄송하지만, 나름 최선을 다해 살았다고 변명하며 1963년경에 쓴 엄마의 글을 함께 나눈다.

육아기(育兒記)_아빠는 비록 안 계셔도

_우종숙

고독해도 이 열매를 위해 또 낮과 밤이 이별을 감춰 주는구나. 이럴수록 내게 찾아드는 환희란 울먹이는 가슴에 안긴 아가의 잠결뿐이다. 창틈으로 무수한 별빛이 스며들고 담 너머 이웃 식구들의 웃음이 윷가락에 장단 맞춰 들려오거늘……. 나에겐 오직 의지의 가냘픈 꽃망울이 필 그날을 기다리고 있을 뿐이다.

눈을 뜨면 아가가 좋고, 눈 감으면 아득한 꿈결이 아예 싫다고나 해야 하겠다. 내게도 무척 평화로움이 깃든 시절이 있었는데 그것이 그리워서다. 그러니까 오 년 전의 일이다. 그인 이런 시를 나에게 주셨다.

엄마 품에 안기어 젖을 빨다 흐뭇하면
아가는 제 손가락을 빤다.
아빠가 알은척을 해 주면
제 손가락을 아빠 입에 넣어 준다.
다음엔 엄마 입에 넣어 준다.
그러면서 알지 못할 제 소리로 엄마를 놀린다.
아빠를 놀려 준다.
언제 보아도 또다시 보아도 아가에겐
웃음이 어려 있다.
잠이 들면 고요한 숨소리에 가벼운 방 안 공기는
웃음 머금은 물결에 실려 있다.
(하략)

이토록 평화로움을 바라보시며 좋아하시던 그이가 서른 셋의 젊은 나이로 일찍 가시다니! 꿈인 듯싶구나. 허지만 이젠 다시 뵙질 못해졌으니 정녕 꿈이 아니겠지!

조용한 방안에서 아가(지은)를 바라볼 때면 바라볼수록 가슴에 밀려와 맞닿는 애틋한 정. 울먹이듯 스며드는 흐뭇함이 전신을 감싸면서 무심한 운명의 순간을 아득히 먼곳으로 보내는 것이다.

아가의 손목을 잡고, 아가는 학생, 나는 선생으로 대문을 나설 때 따사로운 햇빛이며 아련한 실바람이며 흐뭇한 눈길들을 모두 독차지할 때면, 이럴수록 잃어버렸던 또렷한 상념들이 내 작은 가슴을 가득 채운다.

허지만 즐겁다. 아빠 없는 설움을 느끼기 전에 내가 아빠가 되고 엄마가 되고 가정 교사, 언니, 오빠, 동생 노릇을 모두 하려는 것이다. 이럴 때 생생히 떠오르는 오붓한 삶이 더 그리워지는, 한적한 마음인 때도 적지 않았다.

사랑스러운 딸 하나 남기고 간 남편은 시인이었다. 고독한 글과 사색으로 존경받던 그였지만 삼십삼 세의 아까운 나이로 가 버리셨다. 우리 아가가 세 살 나던 해였다. 전셋집도 마련했고 집안에 꽃을 피우는 즐거움과 아가의 재롱이 우리 두 사람을 더욱이나 다정스럽게 했다. 오직 내게만 찾아온 만족스러운 행복인 양!

(중략)

벌써 지은이가 이룬 일이 많다. 동화 대회의 입선, 낭독 대회에서의 일등, 직원 간이나 학부형 간에 이에 대한 칭송이 있으면 있을수록 내 눈시울이 뜨거워지기만 한다. 이제 곧 1학년을 마치면 좋은 성적도 얻겠지만, 여태껏 키우면서 그다지 부족된 점이 없이 마음으로도 가난함을 주지 않았다.

좋은 열매를 맺기 위해 잎이 지듯, 낙엽은 거름이 되어 순을 돋게 하듯, 나도 지은이를 위해 희생하자! 나는 보다 좋은 마음의 영양소를 가지고자 이런 신조를 마련했다.

하나. 가난한 마음을 갖지 않게 한다.

둘. 교양 있는 여성으로 세운다.

셋. 욕심을 버리고 계획성 있는 생활을 하게 한다.

넷. 엄마의 눈물을 보이지 않는다.

다섯. 남에게 의, 식, 주, 어느 것도 빠지지 않게 한다.

여섯. 공부에 힘쓰고 아빠의 뒤를 따르게 한다.

역경 속에서도 이 아이에 대한 새로운 희망과 의욕을 찾아 명랑한 나날을 보내고 있다. 아내된 도리는 다하지 못했지만, 딸을 위해서는 내 몸과 마음을 바쳐 아빠의 시를 이해시키고 인격과 지식을 갖춘 어른으로 키우겠다. 그날까지 난 눈물은 머금지 않겠다.

흰 눈이 내리기 전에 내 마음부터 하얗게 하얗게 닦아 두고 싶다.

수술 전 상태로 돌려놓으란 말이야!

수술실로부터 전화가 왔다. 수술실로 들어간 지 한 시간도 안 된 환자가 중환자실로 돌아온다는 것이다. '이렇게 빨리 돌아올 수가 없는데 혹시 무슨 사고라도?' 하는 불길한 예감이 휙 지나갔다.

여름방학을 이용해서 수술을 받기로 했던 마이클은 열일곱 살의 남자아이였다. 태어날 때부터 선천성 척추측만증이 있었다. 사춘기가 되어 근육이 발달할수록 한쪽 어깨가 점점 더 기울어지자 마이클은 자신의 몸을 비관하며 우울해했다. 어떤 부모가 그런 자식을 두고 편할 수 있을까. 마이클의 부모는 더 늦기 전에 방학을 이용해서 수술하기로 결정했다.

수술 전 CT상의 소견으로는 흉추 3번부터 10번까지 굽었기 때문에 등 가운데 부분을 길게 절개하고 흉추와 흉추 사이에 얇은 관을 넣어서 굽은 등을 곧게 세우는 대수술을 하기로 했다. 아이도 부모도 얼마나 기다리던 시간이었는지 모른다. 또래들이 농구하거나 풋볼하는 모습을 바라만 보았던 마이클. 고작 할 수 있는 운동은 수영 정도였다. 그마저도 천천히 떠 있는 것뿐 빠른 접영과 배영은 거의 불가능했다. 몸 양쪽의 균형이 맞지 않아 물속으로 가라앉기 일쑤였다.

미국의 중고등학교는 방과후수업이 모두 운동을 중심으로 짜여 있다고 해도 과언이 아니다. 특히 건장한 남성미를 상징하는 풋볼은 남자아이들의 최대 관심사다. 다른 또래 아이들처럼 할 수 없다는 것은 신체적으로뿐만 아니라 정신적으로도 무척 힘든 일이다. 그런 아이를 바라보는 부모도 힘들기는 마찬가지였을 것이다.

그런 희망에 들떠 수술실로 들어갔던 마이클에게 응급상황이 발생해서 인공호흡기를 달고 중환자실로 이송된다는 연락이 온 것이다. 이내 수술 팀이 환자를 밀고 들어왔다. 인공호흡기는 잘 연결되었는지, 산소 공급량은 충분한지, 심전도 모니터는 부착되었는지, 링거액은 제대로 들어가는지 등을 살피는데 이상한 점이 있었다. 수술 자리는 주로 스테이플로 찍어 봉합하고 아래쪽에 헤모박이라는 주먹만 한 주머니를 매달아서 수술 후 잔여 혈액들을 모은다. 그런데 그게 보이지 않았다. 등에는 드레싱만 길게 붙어 있고 출혈도 없었다. 혹 이송 중 빠졌는지 해서 침상을 살피었다.

"드레인은 필요 없나요? 대수술이었을 텐데."

"필요 없어."

마취의가 짧게 대답했다.

"그런데 신경외과의는 어디에 있어?"

"지금 보호자들과 이야기 중이야."

"수술 후 처방은? 환자 차트는?"

"신경외과의가 가지고 있어. 이제 곧 올 거야."

"그래, 그럼 환자 주변부터 정리해야겠네."

환자를 직접 담당했던 간호사가 타월을 가지러 나갔고 나는 침상 옆에서 기다렸다. 그때 수술을 집도한 신경외과의가 마이클의 부모와 함께 중환자실로 들어왔다.

"밖에서 조금만 기다리세요. 조금 정리한 다음에 오시면 좋겠어요. 좀 닦아야 하거든요."

"뭘 닦아. 뭘 감추려는 거야?"

앙칼진 엄마의 목소리가 들렸다. 뭔가 잘못된 것이 틀림없었다. 그 뒤로는 신경외과의가 두 손으로 차트를 꽉 움켜쥔 채 덜덜 떨고 서 있었다.

"사고라니! 사고라니!"

엄마는 오열했다. 어떤 상황인지 몰랐던 나와 담당 간호사와 두 사람을 쳐다보기만 했다.

"수술 자리를 절개하자마자 생긴 일이에요. 척수가 거기 끼어 돌출되어 있으리라고는 전혀 예측하지 못했습니다."

집도의는 떨리는 목소리로 아주 작게 말했다.

"다시 돌려놔, 내 아이. 옛날처럼 돌려놓으란 말이야!"

나는 뭔가 잘못되었다는 사실을 그제야 깨달았다. 잠시 후 병원장과 위기대책 팀이 병실로 들어섰다.

"일단 밖으로 나갑시다. 환자에게 방해가 되지 않게."

병원장이 엄마의 손을 잡으며 말했다. 엄마는 돌려놓으란 말만 되풀이하면서 거의 끌려 나가다시피 병실 밖으로 나갔다. 집도의도 그 뒤를 따라 나갔다.

마취의가 들려준 상황을 이러했다. 등을 열고 등뼈 쪽으로 더 깊숙이 절개하던 중에 척추뼈와 척추뼈 사이에 끼어 있던 척수를 자르는 사고가 발생했다. 수술을 돕던 동료 의사가 마이클의 하지근육이 이완된 것을 알아차리고 재빨리 수술을 중단시켰다. 즉시 MRI를 찍었는데 흉추 4번 척수가 반쯤 절단된 상태였다. 뿐만 아니라 혈종이 척수를 누르면서 흉추 5번 이하가 완전히 마비 상태였다. 수술은 더 이상 진행되지 못한 채 수술 부위를 봉합

해야 했다. 척추 뼈 사이의 척추 간판을 넣어 등을 곧게 세우려던 계획은 시작도 못한 것이다.

한번 손상된 척수는 재생이 어렵다. 휘어진 등을 곧게 펴서 세우려던 수술은 아이의 척수를 손상시켰고 그 결과 아이의 하반신은 마비되었다.

병실을 나갔던 마이클의 부모는 두 시간이 지나도 돌아오지 않았다. 그동안 마이클은 마취에서 완전히 깨어나 인공호흡기를 뗐다.

"수술은 다 끝났어요? 생각보다 많이 아프지는 않네요. 이제 곧 움직일 수 있고, 바로 설 수 있겠지요?"

아이의 얼굴엔 미소까지 돌았다. 담당 간호사가 대답을 얼버무렸다.

"수술은 끝났어. 아프지 않다니 다행이네."

그녀가 도망치듯 병실을 나와 내게 묻는다.

"이럴 땐 뭐라고 답해야 하니?"

"집도의랑 마이클의 부모가 돌아올 때까지 일단 기다려 보자."

"알았어. 그런데 저 아이가 불쌍해서 어쩌지. 평생 휠체어에 의지해야 할 텐데. 척추가 휘었을 땐 그래도 걸을 수는 있었잖아."

병원장, 위기관리 팀, 집도의, 마이클 부모가 함께 중환자실로 들어왔다. 집도의의 어깨가 축 처져 있었다. 엄마의 얼굴은 제대로 눈이 떠지지 않을 정도로 부어 있었다. 아버지는 아이에게 시선조차 주지 못했다. 이때 병원장이 나섰다.

"마이클, 난 병원장이야. 수술 중에 예기치 못한 사고가 있었어. 정말 미안해. 정말 미안한데, 어쩌면 넌 다시 걸을 수 없을지도 몰라."

"무슨 소리예요? 걸을 수 없다니요?"

"척추가 손상되었어. 수술 중 사고가 일어났어. 예기치 못했던 사고."

마이클은 이해가 안 되는 듯 몇 번이고 되물었다. 병원장의 설명이 이어지는 동안 집도의는 고개만 숙이고 있을 뿐이었다. 이어 마이클의 괴성 같은 울음이 터졌다. 엄마의 울음소리도 더 커졌다. 병실 앞을 지나던 다른 환자들의 방문객들과 의사들이 힐끗힐끗 병실 안을 들여다보았다.

다음 날 마이클의 병실을 찾았다. 먼저 인사를 건넸지만 아이는 시선을 마주치지도 않았다. 담당 간호사의 말로는, 아이는 밤새 한잠도 안 잤고 말도 거의 하지 않았다고 했다. 아이를 만나러 온 집도의는 아이의 손을 잡고 울먹거렸다. 아이는 손을 빼내더니 고개를 돌려 창밖만 쳐다보았다. 집도의는 침상 곁에 한동안 서 있다가 "마이클, 정말 미안해"라는 한마디만 남기고 돌아섰다. 그리고 얼마 후 재활의학과 의사가 병실로 들어섰다.

우리 병원의 재활의학과 의사는 휠체어를 탄다. 그는 고등학교 1학년이던 열여섯 살 때 스키를 타다가 사고로 척추가 마비되었다. 그래도 그는 재활에 성공하여 휠체어를 탄 채 운전은 물론, 스키, 수영도 한다. 그리고 힘든 의대에 진학하여 다른 학생들과 똑같이 공부하고 인턴과 레지턴트 과정을 걸쳐 재활 전문의가 되었다. 그는 대학 시절 만난 여자 친구와 결혼해 인형 같은 딸도 둘이나 두었다. 그는 쌩쌩 바람이 불 정도로 힘차고 신나게 휠체어를 돌리며 우리보다 빠르게 병원을 누빈다. 언제나 그는 사는 것이 마냥 즐겁고 행복하다는 표정을 짓고 있다.

휠체어를 타고 들어오는 그를 보자 마이클이 소리를 질렀다.

"나가! 난 재활 따윈 필요 없어. 원래대로 돌려놔. 수술 전으로 돌려놓으란 말이야. 문 닫아. 나가! 다 나가라고!"

마이클의 고함에 그는 병실 밖으로 나왔다. 그는 시간이 필요할 거라며 일단 마이클을 재활 병동으로 옮기고 천천히 풀어가자며, 병동을 옮기는 데 필요한 오더를 내렸다.

그의 손에는 늘 손목 받침대가 끼워져 있다. 다친 흉추가 손에까지 영향을 미쳐서 받침대 없이는 글씨를 쓰는 것이 상당히 불편하기 때문이었다. 받침대를 껴도 글씨는 삐뚤삐뚤하다. 그래서 그는 오더를 쓴 후에 간호사에게 꼭 한 번 읽어 준다. 그런 어려움에도 그는 의사, 특히 재활의학과 의사로 성공했다. 그런 그를 보고 환자들은 용기를 얻어 적극적으로 재활에 나서고 있으니, 그는 동기부여에 최적인 롤 모델인 것이다.

마이클의 엄마는 아직 병원에 오지 않았는지 오전 내내 보이지 않았다. 마이클의 아버지에게 환자를 옮기겠다고 설명을 하자 그는 재활은 빠를수록 좋지 않겠느냐며 깊은 한숨을 쉰다.

"그렇지요. 다친 부위의 혈종이 조금 작아지면 척추 기능이 조금 돌아올 수도 있으니까요."

중환자실의 간호사나 의사들은 가능하면 거짓 희망을 주지 않으려고 한다. 아무리 사소하더라도 희망적인 말을 남기면 환자나 보호자는 그 한마디에 매달려 기력을 소진한다. 그리고 그 희망이 실현되지 않을 경우에 오히려 더 큰 절망감에 빠진다. 그래도 매몰차게 마이클 부모의 심정을 외면할 수 없었다. 희망 고문일지라도 이럴 땐 실낱같은 희망이라도 있어야 살 수 있으니까.

열일곱 살의 남자아이는 그저 남들처럼 스포츠를 즐기고 싶었고, 일그러진 몸 때문에 주눅이 들지 않고 당당해지고 싶었다. 수술을 통해 자식에게 그런 기회를 만들어 주려던 부모는 척추측만에 하반신마비까지 된 아이를 만들고 말았다. 평생 이어질 부모의 죄책감과 아이의 절망감, 집도의의 죄의식도 말로는 표현이 안 될 것이다.

마이클의 병동을 옮기려는데 마이클의 엄마가 들어왔다. 또다시 통곡 소리가 병실을 넘어 중환자실 전체에 공명이 되어 울려 퍼졌다. 누구도 엄마를 말릴 수 없었다. 마이클은 멍하니 허공을 바라본 채 눈물을 흘릴 뿐이었다. 우리는 그녀의 울음이 멈춘 후에 환자를 이동시키기로 하고 조용히 병실을 나왔다.

마이클은 재활의학과 병동으로 간 지 이 주 만에 휠체어를 타고 중환자실로 찾아왔다. 아이는 이미 저질러진 지난 일들을 어떻게 하겠느냐며, 쉽지는 않겠지만 재활의학과 의사처럼 열심히 살아보겠다고 했다. 나는 '아이야, 고맙다. 정말 고맙다'라고 속으로 되뇌며 한껏 고조된 목소리로 말했다.

"오케이, 잘해 보자. 열심히 응원할게!"

마이클과 동행한 엄마도 옆에서 거든다.

"어쩌겠어. 운명이라고 생각해야지. 재활의학과 의사처럼 되겠다고 했으니, 나도 열심히 도울게."

엄마는 자신이 빨리 포기해야 아이도 마음을 잡을 것 같아 애써 담담한 척하는 것 같았다. 아이가 평생 져야 할 짐을 나누고 싶어도 나눌 수 없다는 게 얼마나 힘들까. 할 수만 있다면 자식을 대신해 죽을 수도 있는 것이 엄마인 것을.

나중에 듣기로 병원 측은 아이에게 병원비를 전액 면제해 주고, 대학 등록금도 전액 지원해 주기로 약속했단다. 마이클은 재활 병동에서 한 달 정도 입원하면서 혼자 휠체어를 타는 법 등을 배웠고, 그 사이 부모는 마이클이 불편하지 않도록 집을 수리했다.

의료사고가 난 지 여러 해가 지났다. 마이클의 수술을 집도했던 의사가 캐나다에서 스키를 타다 사고를 당했다. 하강 중에 무언가를 피하려다 절벽으로 떨어졌다고 했다. 눈 쌓인 산속에서 생긴 일이라 헬리콥터를 동원하고서야 시신을 찾을 수 있었다. 한동안 병원 전체가 슬픔으로 일렁였다. 바로 전 주까지 함께 일했던 동료가 주말에 사고를 당했다는 기막힌 사실이 믿기지 않았다.

긴 작별을 직접 하지 않으면 안 될 것 같아 나도 장례식에 참석했다. 죽은 동료와 마지막 인사를 하고 나오는 길에 얼굴이 눈에 익은 휠체어를 탄 청년이 눈에 띄었다. 청년은 서서히 바퀴를 굴려 장례식장을 떠나고 있었다. 나는 청년의 사라져 가는 뒷모습과 고인의 가족을 번갈아 바라보며 하염없이 눈물을 흘렸다.

사는 일은 결코 쉽지 않다. 십자가를 지고 골고다 언덕을 오르시는 예수의 모습이 보인다. 피땀을 흘리는 예수를 베로니카가 머릿수건을 벗어 닦아 드린다. 예수는 십자가를 지고 또 언덕에 오른다. 무거운 십자가에 무릎이 꺾인다. 그래도 다시 일어선다. 맨발로 자갈길을 오른다.

여자이고
싶으니

그렇게
봐 주세요

출근길 병동 문을 열고 들어서자 실내가 떠들썩하다. 무슨 일이 생겼나 싶어서 이유를 물어도 다들 알 수 없는 미소만 지을 뿐 누구 하나 대답하지 않았다. 내가 재차 묻자 그제야 한 사람이 나선다.

"환자의 일은 모두 비밀이라면서요. 치료를 위한 일이 아니면 누구에게도 말하지 말라고 하셨잖아요."

"맞아. 그런데 비밀이라면서 너희들끼리는 이미 공유된 거 같은데? 필요하면 환자에게 듣지 뭐."

내가 돌아서려는데 그가 다시 내게 다가서며 목소리를 낮추고 말했다.

"어젯밤에 환자가 하나 들어왔어요. 그런데 남자인지 여자인지 몰라서요."

"무슨 소리야? 성별을 모른다니?"

"가벼운 심장마비인데요. 흉통이 있어 중환자실로 들어왔어요. 환자들은 입원과 동시에 문진을 하잖아요. 혈압을 재고, 체온을 재고 말이에요. 심전도계를 가슴에 붙이는데 분명히 가슴이 볼록했어요. 여자인데 근육이 좀 있다고만 생각했어요. 화장이 짙어서 환자한테 물수건으로 좀 닦으라고 했는데 불편하지 않다며 그냥 있겠다는 거예요. 그러라고 했죠. 그런데 새벽에 그가 병실 안의 변기를 사용하는데 서서 소변을 보는 거예요. 보려고 본 게 아니라 제가 병실에 들어섰을 때 그가 커튼을 치지 않고 볼일을 보고 있더라고요. 분명히 여자라고 했는데……. 당직 간호사도 환자를 인계할 때 여자라고 했거든요. 그래서 동료들에게 물어보려고요, 여자인지 남자인지요."

병원 내의 소문들은 환풍기를 타고 돈다고 할 만큼 빠르다. 딱히 사내 커플을 막는 규정이 있는 것도 아닌데 사내 커플이 잘 생기지 않는 이유는 로맨스가 무르익기도 전에 쓸데없는 소문이 먼저 휩쓸고 지나가는 탓인 것 같다. 그것도 대개는 악성 루머가 제일 빠른 속도로 돌다 보니 곱게 사랑을 키워가기엔 여간한 의지와 신뢰가 필요한 것이 아니다.

병원 측은 환자의 개인적인 비밀이 절대 밖으로 새어 나가지 못하게 원천 봉쇄를 하고, 이를 위해 따로 교육해도 잘 지켜지지 않는 것이 사실이다. 그런데 이런 구경거리가 생겼으니 말이 좀 많겠는가.

"환자의 사생활은 지켜 줘야 하는 건 다 알지? 이야기가 절대로 밖으로 나가지 않게 하고 환자를 다른 환자들과 똑같이 대해 줘. 무슨 사연이 있겠지."

그래도 그 상황을 알게 된 동료들은 삼삼오오 모여서 쑥덕거렸다.

그날 오후, 나는 환자의 방을 찾았다. 주소가 덴버인데 왜 한 시간이나 떨어진 우리 병원에 입원하게 되었는지 알아보고 퇴원 준비를 위해서였다.

"덴버가 주소지인데 어떻게 우리 병원에 입원하셨나요? 특별한 이유가 있나요?"

"예. 지나는 길에 흉통이 좀 심해서요. 고속도로에서 병원 표지판이 보여서 찾아왔어요."

"아, 예. 어딜 가는 길이었어요?"

"트리니대드요. 트리니대드 아시죠? 성전환수술로 유명한 곳이요. 수술 전에 상담을 받고 수술 날짜를 잡으려던 참이었어요."

그는 사춘기가 지나면서 성정체성에 갈등을 느끼기 시작했다고 했다. 몸은 남자였지만 도무지 여자에게 관심이 생기지 않았다. 그는 가장 친한 동성 친구에게 여자 친구가 생기자 질투심이 일면서 그 여자를 죽이고 싶도록 미웠고, 그때 자신의 성향을 확실하게 알았단다. 그러나 그는 이 사실을 아무에게도 알릴 수 없었다. 부모나 누나들에게는 더더욱. 그는 고등학교를 졸업한 후 대학은 집에서 가장 먼 곳을 택했다. 그래야만 가족의 시야에서 벗어나 홀로서기를 할 수 있을 것 같았기 때문이다.

그는 대학에서 커밍아웃을 한 사람들의 모임에 나갔고, 그 안에서 그동안 느끼지 못했던 편안함을 느꼈다. 대학을 졸업하면서 남자 친구와 동거를 시작했는데 그가 다른 남자를 찾아 떠나면서 혼자 남은 그는 힘겨운 시간을 보냈단다. 처음에 그는 대체 무엇 때문에 남자 친구가 떠났는지 알 수 없었지만 점차 확신이 생겼다. 그가 성전환수술을 하지 않아 남자 친구가 떠난 것이라고. 그래서 그는 이참에 완전한 여자가 되어 보기로 결심했다.

하지만 수술비가 만만치 않았다. 그래도 꼭 해야 할 것 같았다. 그는 성전환수술만이 자신을 되찾는 최후의 방법이자 최선의 방법이라고 생각했다.

"수술 전에 이 년 정도 여성호르몬 약을 복용해야 하는데, 거의 이 년이 다 됐거든요. 이제 수술 날짜만 잡고 수술대에 오르기만 하면 되는데, 혹시나 잘못되지는 않겠죠?"

호르몬을 복용한 덕분에 그는 브래지어를 착용할 만큼 가슴이 나왔다. 목소리도 많이 부드러워지고 톤도 상당히 높았다. 피부도 여자처럼 부드러워졌고. 그런데 호르몬을 과다하게 복용한 탓에 부작용인 가벼운 심장마비가 온 것이다. 그가 운전 중에 흉통을 느낀 것도 호르몬 복용 때문이었고, 지나는 길에 발생한 흉통이라 가장 가까운 병원을 찾은 것이었다.

이제 곧 수술 날짜가 잡힐 거고, 그러면 그는 완전히 여성이 된다. 그러면 그는 이름도 바꾸고 성별도 확실하게 바꿀 수 있겠지. 그는 퇴원하면 바로 트리니대드로 가서 의사를 만나고 수술 날짜를 잡을 것이다. 아직 수술 전이라 그의 상체는 여자였지만, 하체는 남자로 남아 있었다.

"저 때문에 간호사 선생님들이 놀라셨죠? 그래도 여자이고 싶으니 여자로 봐 주세요."

그가 배시시 웃으며 말했다. 웃음 사이로 목울대가 두드러져 보였다. 여성호르몬을 복용해도 남자의 상징인 울대뼈는 작아지지 않는다. 어쩌면 울대뼈는 한때 남자였던 증표로 죽을 때까지 갖고 가야 하는 '주홍글씨'인지도 모른다.

이야기를 나누는 동안 환자는 자신에 대해 참 진지하고 솔직했다. 그는 숨겨야 할 이유도 없고 숨길 필요도 없는 것처럼 자신의 이야기를 술술 풀어놓았다. 아직도 자신의 부모님은 자신의 성전환수술 계획을 모르고 있고 당분간 알리지 않을 거란다. 그러다가 수술 후 완전히 여자가 되면 그때 말하려고 한단다. 그래야 이미 다 끝난 일이니 갈등도 작을 것이라고 했다.

"그런데 왜 나한테는 이렇게 장황하게 설명해요?"

내가 웃으면서 물어보았다.

"누구에게라도 털어놓으면 좀 시원하거든요. 여긴 덴버가 아니라서 아는 사람을 만날 일도 거의 없고, 여기서 수술을 받을 것도 아니고. 내가 여기에 또 올 일은 없잖아요? 그래서 편안하게 이야기할 수 있는 거죠."

환자들이 심리 상담가들에게 자신의 사연을 털어놓는 이유를 좀 알 것 같았다. 그가 그동안 얼마나 혼자 힘들게 고민했을까 생각하니 마음이 짠했다. 나와 친하게 지내는 간호사 중에도 레즈비언이 있다. 나도 처음에는 게이니 레즈비언이니 하는 단어를 들으면 색안경부터 끼고 보았다. 정신과적인 문제로 그렇게 된 것이라는 선입견을 깨부수기까지는 꽤 많은 시간이 필요했다. 오랫동안 그들과 함께 일하면서 스스럼없이 지내다 보니 그들도 우리와 다를 것이 없음을 깨달았다.

남다른 성정체성을 지닌 사람들은 이 사실을 드러낼 수 없어서 안으로 움츠러든다. 세상이 좋아져서 쉽게 커밍아웃을 한다지만, 그 후의 시선들을 감당하는 것은 자유로운 미국 사회에서도 만만치 않은 일이다. 살면서 가끔 만나는 이런 사람들을 인정해 주는 것은 어떤 사람에게는 어려운 일일 수도 있지만, 또 어떤 사람에게는 별 대수롭지 않은 일일 수도 있다. 더불어 사는 것, 함께 사는 것, 이만큼 나이가 들면 굳이 시선을 뾰족하게 세우고 바라볼 일이 없어진다.

성전환수술의 메카로 알려진 트리니대드는 내가 사는 이곳, 콜로라도스프링스에서 25번 고속도로를 타고 남쪽으로 두 시간 정도 달리다 보면 나오는 뉴멕시코 접경지역의 작은 도시다. 1960년대에 한국전쟁에 참여했던 군의관이 그곳에 자리 잡으면서 성전환수술이 시작되었다. 많을 때는 하루에 네 명 정도 수술했다고 하니 얼마나 많은 사람들이 그곳을 이용했을까 싶다. 2003년 그 의사가 은퇴하면서 다른 의사가 그 일을 맡았는데 무슨 이유인지 2009년에 성황리에 하던 성전환수술 사업을 모두 접고 캘리포니아로 이주했다. 아직 그 뒤를 이을 의사를 확보하지 못한 채 트리니대드는 그 명성만 간직하고 작은 도시로 남아 있다.

그는 그곳의 거의 마지막 환자였지 싶다. 그가 우리 병원에서 퇴원 후 바로 성전환수술을 받았는지, 아니면 심장 기능이 완전히 회복될 때까지 기다렸는지는 알 수 없다. 다만 그토록 그가 원했던 수술을 무사히 잘 마치고 사회로 돌아가 잘 적응하고 있기만을 바랄 뿐. 그가 남자이든 여자이든 누군가의 소중한 자식으로, 누군가의 형제자매로서 사랑하는 가족 안에서 편해졌기를 기도한다.

딱히

불편할 건
없어요

여느 날처럼 출근한 나는 새로운 환자들의 정보를 챙기다가 한 남자의 몸무게에 정신이 번쩍 들었다. 790파운드, 무려 358킬로그램이다. 한국 남성의 평균 체중이 대략 70킬로그램 정도이니 그 다섯 배가 되는 과체중이었다. 심각한 질환으로 분류되는 비만 중에서도 고도비만이었다. 남자는 흉통 때문에 입원했는데 워낙 과체중이다 보니 특별한 간호가 필요할까 싶어 중환자실로 옮겨진 것이었다.

남자의 흉통은 심장이 뛰는 속도가 빨라지고 불규칙해진 것이 원인이었다. 심박동수를 조절하기 위해 가벼운 전기충격요법과 함께 약물요법도 병행했다. 그러나 그것은 증상을 완화시킬 뿐, 근본적인 치료법은 아니었다. 그가 지닌 모든 질병의 원인은 고도비만이었으므로.

나는 남자와 퇴원 준비를 위한 면담을 하기로 했다. 생각했던 것과는 달리 남자는 묻는 말에 차근차근 대답했다. 그는 혼자 살고 있지만 보행보조기를 이용하여 침대에 오르내리고 집안을 돌아다니는 등 큰 불편이 없다고 했다.

"그러면 변기에는 어떻게 앉고, 샤워는 어떻게 하나요?"

"변기 커버 대신 플라스틱 용기를 올리는 거예요. 그러면 변기가 높아지고 앉는 부분도 넓고 평평해지지요. 그렇게 쓴 지 오래되었어요. 화장실에 들어가기만 하면 변기에 앉는 것은 문제가 없어요. 볼일을 마치면 옆의 세면대나 보행보조기를 잡고 일어나면 되고요."

볼일을 본 후 뒤처리는 어떻게 하느냐는, 상당히 개인적이고 구체적인 질문은 차마 하지 못했다. 화장실이 넓다고 해도 움직일 수 있는 공간은 상당히 제한적이다. 그런데 그 주어진 공간 안에서 혼자 볼일을 보고 뒤처리를 하다니 상상이 가지 않았다.

"그럼 샤워는요?"

"일주일에 두 번, 집으로 오는 방문 간호조무사의 도움을 받아요."

"음식은요? 요리는 누가 하죠?"

"채소와 우유와 빵 등은 동네의 브라운백(빈곤층에게 대형 식료품점에서 유통기한이 지났거나 신선도가 조금 떨어진 식품을 커다란 봉투에 담아 전하는 미국의 복지 프로그램)에서 집 앞까지 갖다줘요. 유통기한이 하루 이틀 지났거나 거의 만료된 것이 대부분이라 받는 즉시 먹어치우죠. 더 필요한 음식은 인터넷으로 주문하면 집까지 배달돼요. 주로 캔에 들었거나 냉동식품을 주문해서 전자레인지만 있으면 되죠."

"운전은요?"

"지금은 안 해요. 차가 없어요. 몸에 맞는 차가 없어서 운전을 못할 뿐이지 운전면허증은 있어요."

남자가 지갑에서 운전면허증을 꺼내 보여 주면서 신분증으로만 쓴다고 설명한다.

"사는 곳이 우리 병원에서 남쪽으로 한 시간 가량 떨어져 있는데, 어떻게 여기까지 와서 입원하게 되었어요?"

"구급차는 어디든 가지 않나요?"

남자가 오히려 내게 되물었다. 빈민층을 위한 미국의 의료보험인 메디케이드는 구급차를 무료로 제공한다. 남자가 빈민층으로 구분되어 무상의료 혜택을 받는 것은 편한 일이겠지만 의료보험 혜택을 남용하는 것은 아닌가 싶었다.

"병원에 가거나 친구를 만나려고 밖에 나갈 때는 어떻게 하나요?"

"시에서 운영하는 시내버스를 이용해요. 빈민층은 어디서든 편도 1달러에 이 버스를 이용할 수가 있거든요. 집에서 정류장까지 그리 멀지 않아 보행보조기에 의지하면 걸을 만해요. 그런데 밖에 나갈 일이 별로 없어서 딱히 불편하진 않아요."

그렇게 대화는 이어졌다. 텔레비전과 인터넷으로 모든 것을 해결하고 세상과 소통하는 남자, 이렇게 사는 사람도 있구나 싶었다.

"이왕 병원에 입원한 김에 영양사를 만나 식이요법을 배우면 어때요?"

"아뇨. 인터넷에 관련 정보가 얼마나 많은데 생각이 있었다면 진작 시도했겠죠."

웃으면 답하는 그에게 나는 다시 질문했다.

"과체중은 건강을 위협하는 최대의 적이라는 사실을 알지 않나요?"

"당신들이 어떻게 생각할지 모르지만 체중 때문에 사는 게 불편하지는 않아요. 조금 천천히 움직이고 조금 조심하면서 산다면 말이에요. 생각을 달리하면 이것도 사는 방법의 하나이거든요. 내게 특별한 프로그램을 제공하거나 뭘 가르치려고 하지 마세요. 바뀔 거면 진작 바뀌었겠죠. 안 그래요?"

할 말이 없었다.

그리고 그날 오후 다른 병원에서 후송된 또 다른 여자 환자를 만났다. 그녀는 서른 살이었고 체중은 270킬로그램이 조금 넘었다. 그녀 역시 남자와 똑같이 심장에 문제가 있었다. 그녀는 중환자실에 도착한 즉시 공교롭게도 심장마비를 일으켜 코드블루를 불러야 했다. 코드블루가 발령되면 누구든 응급상황을 제일 먼저 발견한 사람이 심폐소생술을 실시한다. 여자를 담당했던 간호사는 나보다도 작은 키에 몸무게는 45킬로그램이 겨우 넘었다. 그녀가 침대 위에 올라가다시피 해서 심폐소생술을 실시하는데 양손이 환자의 가슴에 파묻혀 보이지 않을 지경이었다. 오 분도 되지 않아 간호사의 이마에는 구슬 같은 땀이 흘렀다.

코드블루 방송을 듣고 달려온 다른 의료진이 그녀와 교대했다. 침상에서 내려서는 그녀의 가운 전체는 땀으로 흠뻑 젖어 있었다. 중환자실 의사는 살이 쪄 짧아진 환자의 목을 겨우 젖히고는 인공호흡기관을 밀어 넣었다. 인공호흡기를 걸고도 심장박동이 돌아오지 않아 심폐소생술은 계속되었다. 전기충격요법과 약물요법까지 숨 가쁘게 병행되었다.

45분이 지났다. 통상 심폐소생술을 40분 이상 실시했는데도 심장박동이 돌아오지 않으면 사망했다고 판단하고 심폐소생술을 중단한다. 그런데 모든 의료진이 손을 떼자 신기하게도 모니터에서는 맥박이 나타나더니 동시에 심장박동이 돌아왔다. 누군가가 소리쳤다.

“맥박을 재 봐, 뛰는 게 확실한지. 심장 소리도 들어 보고.”

“어! 뛰어. 정말 뛰네.”

“살았어! 살았다고!”

“오케이, 아직 젊은데 다행이네.”

누군가 한마디 던졌다.

“살리긴 했는데 이제 어쩔 거야. 깨어날 수 있을지 알 수도 없고, 앞으로 경과가 더 큰일이겠어. 누가 간호를 할지.”

그렇다. 깨어나서 별문제가 없으면 다행이겠지만 심폐소생술을 하는 동안 산소가 부족하여 뇌라도 손상되었거나 낮아졌던 혈압으로 신장이 손상되었다면……. 일어날 수 있는 일들은 많았다. 이런 합병증은 환자의 회복을 더디게 하고, 회복이 더뎌지면 환자를 어디로 퇴원시켜야 할지 고려할 점이 많아진다.

“천천히 생각하자고. 깨어나는 것부터 봐야지. 오늘은 사람을 살린 것만 생각해. 모두들 수고했어.”

나는 담당 간호사와 함께 심폐소생술에 사용되었던 기구들과 약병들을 정리하면서 언뜻 환자복 아래 드러난 다리를 보았다. 과장을 좀 하자면 내 허리보다 굵어 보였다. 이제 겨우 서른을 넘긴, 만개한 꽃다운 나이인데 어쩌다 저렇게까지 되었을까 싶었다.

세상의 거짓말들이 다 그렇겠지만 ‘물만 먹어도 살이 찐다’

라는 말처럼 새빨간 거짓말이 또 있을까. 세상 어느 누구도 물만 마시고 살찌는 사람은 없다. 중년의 몸무게를 어쩌지 못하는 나도 곧잘 그런 핑계를 댄다.

"별로 먹는 것도 없는데 왜 이리 체중이 늘까. 갱년기를 거치면서 호르몬 균형이 깨졌나 봐."

운동 부족과 식욕 때문에 살이 찌는 게 확실한데도 핑계라도 있어야 할 것 같아 괜히 해 보는 말들이다. 대충 정리가 끝나고 퇴근 시간도 가까워졌다. 그때 병동 입구에서 또 한바탕 소동이 벌어졌다.

"오늘, 이상하네. 이번엔 180킬로그램이야. 68세나 되었는데 아직도 이 체중을 유지하다니 대단하네."

"병명은 뭐야? 왜 중환자실로 온대?"

"대퇴골절이래. 집에서 넘어졌대."

"수술실로 바로 안 가고 왜 중환자실이야?"

"너무 고도비만이라, 심장 상태부터 먼저 확인하려나 봐."

중환자실에 도착한 환자는 생각보다 그리 뚱뚱해 보이지 않았다. 아마 앞서 본 두 환자 때문인 것 같았다. 360킬로그램의 절반밖에 안되니까. 환자는 심전도를 찍고 몇 가지 혈액검사를 한 뒤 수술실로 향했다.

막 퇴근하려는데 중앙 공급실에서 호이어 리프트가 준비되었으니 가져가라고 연락이 왔다. 호이어 리프트는 원래 말을 들어 올리는 데 쓰는 기구다. 널따란 천을 환자 밑에 깔고 천의 양쪽 끝에 고리를 묶어 지게차처럼 생긴 기구로 환자를 들어서 이동시키려는 것이다. 거대한 환자가 셋이나 있으니 기계를 준비해 둬야 아침에 환자들을 씻기거나 X-Ray를 찍을 수 있다. 말을 들어 올리는 기구를 어떻게 사람에게 사용할 수 있느냐고 할 수도 있겠지만 누워 있는 거대한 환자들을 움직이려면 다른 방법이 없다.

엘리베이터에 꽉 들어차는 기계를 간신히 중환자실로 옮기고 다시 퇴근 준비를 했다. 차에 시동을 걸며 생각해 본다. 남자는 무엇 때문에 그토록 체중이 불었고 왜 줄일 생각을 하지 않을까.

대부분의 과체중이나 비만 환자들이 정신적 결핍감을 포만감으로 채운다는 것이 정신과의사들의 정설이다. 그래서 정신적인 치료가 병행되지 않는 한, 근본적인 문제는 해결되지 않는다. 나도 스트레스가 많을 때 음식을 많이 먹는다. 특히 소금을 많이 뿌린 감자칩이나 땅콩이나 오징어 등은 술안주로 먹는 경우가 많다. 칼로리를 따지면 그야말로 칼로리 폭탄이다. 그러나 먹을 때는 칼로리를 아예 무시하고 폭식을 한다. 다음 날 아침 퉁퉁 부은 얼굴을 보며 후회해도 때는 이미 늦었다.

운동도 마찬가지다. 다른 것들은 잘 참고 견디고 인내심도 꽤 있는 편인데 유독 운동만은 늘 작심삼일이다. 나의 의지박약이 운동할 때 가장 드러난다. 핑계는 늘 그렇다.

"이 나이에 너무 마르면 없어 보이잖아. 좀 넉넉해야 푸근해 보이지. 이 정도면 그리 나쁘지는 않지."

넉넉해 보이는 것이 힘들어 보이는 것으로 이어지다가 결국은 병적으로 보이게 되는 것으로 이어질까 새삼 걱정이 되었다. 한동안 열심히 했던 계단 오르기를 다시 시작해야 할 것 같다.

비만은 일종의 자기 학대다. 토하기 직전까지 먹고, 움직이지 못할 정도로 먹고 쉬고 또 먹는 생활을 반복해 온 오늘 만난 환자들에게 치료의 손을 내밀고 싶었다. 그러나 스스로 인정하고 노력하지 않는다면 비만 치료는 영원히 불가능할 수도 있다.

오늘은 나의 저녁 식사가 근사하다. 늦은 퇴근 후 컴퓨터 앞에서 뭔가 하고 있으면 아주 가끔 남편이 저녁을 차려 놓고 날 부른다. 메뉴는 삼겹살. 파무침에 깻잎과 마늘까지 제대로 준비된 한 상이다. 소주도 한 잔 걸친다.

술기운과 과식으로 졸음을 이기지 못하고 따뜻한 전기장판 위에 눕는다. 텔레비전에는 한국의 케이블방송이 켜져 있다. 화면이 보였다 지워지고 또 보이길 반복한다. 2킬로그램은 족히 늘었겠지.

아직

희망이
있으니까

마리아는 오늘도 월차를 내서 아이를 데리고 대학병원의 소아과에 갔다. 셋째 딸이 이 주일마다 한 번씩 받는 항암 치료를 위해서다. 아이가 넷, 세 번의 이혼, 그리고 케이스 매니저. 아직 서른 중반인 그녀가 가지고 있는 타이틀이다.

그녀는 세 번째 이혼 후 홀로서기를 하면서 콜로라도스프링스로 이사를 왔고, 나와 같은 병원에 근무하게 되었다. 우리 병원은 콜로라도주와 근처 지역 캔자스주와 유타주에 있는 12개 병원이 연계되어 있어서 본인이 원하면 어디든 옮길 수가 있었다.

"나 전남편을 피해서 여기로 이사 온 거야."

그녀는 솔직했다. 전남편을 나쁜 사람이기보다는 게으른 사람이라고 표현하며, 딸이 아버지의 게으름을 배울까 봐 이곳으로 이사했다는 젊은 친구. 아이 넷을 챙겨서 학교에 보내고 출근까지 하려면 늘 종종걸음일 텐데 단정한 머리에 곱게 화장을 하고 손톱 손질도 하는 등 자기 관리도 잘하는 부지런한 친구였다. 그런 그녀의 얼굴에 하루는 수심이 가득했다.

아이들의 여름방학이 시작되어서 캠핑을 하려고 짐을 챙기는데, 셋째가 갑자기 다리를 절며 아프다고 했다. 짐을 나르기 싫어 꾀를 부리는가 싶어 야단을 쳤고, 아이는 절룩거리며 짐을 날랐다. 엄마가 보기에도 아이가 힘들어 보였는지, 길을 떠나기 전 동네 작은 응급실에 들렀다.

아이의 걸음을 본 의사는 즉시 X-ray와 무릎과 고관절의 MRI를 찍어보자고 했다. X-ray를 찍은 후 병상으로 돌아온 아이의 왼쪽 무릎과 엉덩이는 상당히 부어 있었고, 붉은색을 띤 부종도 있었다. 언니에게 전화해서 집에 있는 아이들에게 오늘 캠핑을 갈 수 없다고 전해 달라고, 아이들의 점심도 챙겨 달라고 부탁했다. 셋째는 움직일 때마다 아프다고 했고, 검사는 피검사에 초음파로 이어졌다.

집에서 기다리던 아이들은 셋째에게 왜 오늘 아프냐며 짜증을 냈다고 한다. 셋째는 바로 덴버 대학병원에 입원했다. 덴버 대학병원은 콜로라도주에서 가장 큰 종합병원으로 다른 소도시들의 종합병원에서 예후가 좋지 않다거나, 정밀검사를 받아야 할 경우 주로 옮겨 가는 곳이다.

셋째의 검사 결과는 좀 심각했다. 왼쪽 무릎뼈와 연골 사이에 종양이 발견되었고, 그 조직을 떼 내어 검사해야 했다. 무릎에 바늘을 넣어, 조직을 채취한다는 소리에 아이는 겁에 질려, 응급실이 떠나가게 울었다. 아이를 겨우 진정시켜 부분마취를 한 후에 조직을 재취해 병리학실로 보냈다. 종양의 크기와 모양으로 봤을 때, 불행하게도 육종암 같다는 소견이었다.

육종암은 한창 성장할 나이인 10대에 많이 발병해서 부모들은 성장통쯤으로 여기는 경우가 많다. 그래서 대부분 발병하고 시간이 꽤 흐른 후에야 병원을 찾는다. 마리아는 내게 셋째를 입원시킨다며 연락해 왔다.

"내가 너무 나쁜 사람이어서 아이가 아픈 거야. 내 생각만 하며 세 번이나 이혼을 했어. 세상에 완벽한 사람은 없을 텐데, 조금 참았으면 잘 지낼 수도 있었던 관계들인데……. 항상 내가 마음대로 결정하고, 그들을 내쳤지. 내 잘못에 대한 벌을 아이가 받는 것 같아. 아이들에게 좀 더 좋은 환경을 주려던 게 결과적으로는 아이들에게 스트레스였나 봐. 그래서 아이가 아픈 거야."

"아직 확실한 결과는 안 나온 거잖아. 자책하지 마. 희망을 가져. 넌 최선을 다했어."

지레짐작으로 자책하지는 말라고 말렸지만, X-ray 소견이나 종양의 크기 등으로 봤을 때, 육종암이 거의 확실하다 한다. 담당 의사가 어떤 치료법을 쓸지 생각해 보자고 했단다.

조직검사 결과는 역시 육종암이었다. 마리아의 휴가는 가족의 병가로 처리되었다. 그리고 셋째는 우선 항암치료제를 써서 종양의 크기를 줄이고, 그다음 수술을 해서 종양을 제거하고, 상처가 아물면 그 부위에 방사선치료를 하기로 했다. 갈 길이 멀고 험난해 보였다.

"우리가 마리아를 도와주자."

동료인 제니퍼가 마리아를 돕자고 했다, 우린 이구동성으로 찬성했고, 우선 집에 있는 아이들의 식사를 해결해 주자고 의견을 모았다. 십시일반으로 모금해서 식당 전용 카드를 하나 만들었다. 식당을 몇 곳 지정해서 한 번에 30달러 정도를 쓸 수 있게 해 두고, 아이들이 방과 후 그곳에서 먹거나 이모가 음식을 사서 집에 갖다줄 수 있게 했다. 이모는 아이들을 돌보기 위해 아예 마리아의 집으로 거처를 옮겼다.

마리아는 거의 매주 셋째의 치료 상황들을 알려 왔다. 마리아는 재택근무를 신청했다. 마리아의 재택근무가 가능했던 이유는 케이스 매니저 역할 중 의료보험 회사에 매일 입원환자들의 임상 상태를 알리는 일을 그녀가 했기 때문이다. 의료보험 회사는 케이스 매니저들이 전달한 환자의 상태에 따라 병원에 정산을 진행한다. 입원환자의 임상 상태가 병원 시스템 안에서는 모두 전산화가 되어 있었기에 마리아는 집에서 그 데이터를 보험 회사에 알려 주었다. 동료들은 마리아가 병동에서 직접 환자나 보호자를 만나서 해야 할 일들은 나눠서 처리해 주고, 보험과 관련된 것은 마리아가 처리할 수 있도록 역할을 조정했다.

셋째가 항암 치료를 시작한 지 한 달쯤 되자 탈모가 시작됐고, 많이 여위었다. 마리아가 보낸 셋째의 사진을 보고, 우리는 보라색과 붉은색 머리카락이 섞인 가발 하나를 사서 보냈다. 좋아할지는 모르겠지만 모자 대신에 쓸 수도 있고, 이런 머리가 요즈음 대세라는 말도 카드에 적었다.

마리아는 한동안 소식이 뜸했다. 무소식이 희소식이길 고대하고 있었는데, 항암치료제로 인해 셋째의 백혈구수치가 너무 떨어져 일단 집으로 퇴원한 후, 백혈구수치를 어느 정도 회복하면 수술을 한다고 알려 왔다. 백혈구수치가 떨어졌다는 것은, 아주 작은 감염에도 몸이 방어할 수 있는 면역력이 거의 없음을 뜻한다. 더구나 집에는 혈기 왕성한 10대 오빠 둘에 어린이집에 다니는 동생도 있어, 바이러스에 감염되기 쉬운 상황이었다.

우린 셋째를 위해 집안 대청소를 하기로 했다. 제일 큰 소독제 세 병과 소독 물티슈를 한 박스, 손 세정제, 소독용 비누와 장갑 한 박스를 사서 마리아의 집으로 갔다. 꼬박 여섯 시간에 걸쳐 청소를 마친 후 우리들은 헤어졌다.

셋째는 퇴원을 했고, 마리아는 아이를 돌보며 재택근무를 이어갔다. 일 년 이상, 아이의 병간호에 지칠 대로 지친 마리아는 예전의 발랄한 젊음의 아름다움도 잃어버리고 부쩍 늙어갔다. 화장기 하나 없는 얼굴, 생단발머리, 편안한 바지에 운동화 차림이 대부분이었다. 자식의 아픔을 대신해 주지 못하는 엄마의 안타까움에 말조차 아끼며 그녀는 점점 의기소침해갔다.

그러던 어느 날, 마리아가 화장을 곱게 하고 머리 손질도 하고, 손톱에 빨간 매니큐어를 바르고 오랜만에 병원으로 출근을 했다. 전 직원 교육이 있는 날이었다.

"마리아, 오늘 무슨 일이 있어?"

"퇴근하고 데이트 약속이 있어."

마리아가 말하며 웃는다. 참으로 오랜만에 보는 웃음이었다.

"누구랑?"

"전 남편. 우리 셋째 친부."

그러고는 낮은 목소리로 덧붙였다.

"아이가 아프면서 그와 많이 상의했어. 그가 나빠서가 아니라 내 기준에 좀 못 미쳐서 밀어냈던 건데, 돌아보면 그런 사람도 없는 것 같아. 지금 아픈 아이에게는 아빠가 필요하고, 다른 세 아이도 잘 따르고 그래서 오늘부터 다시 만나 보려고. 오늘부터는 그의 좋은 모습만 보려고 해."

오랜만에 보는 마리아의 밝은 모습에 나도 즐거웠다. 저렇게 인연이 이어지고, 힘든 마리아를 도와줄 수 있다면 얼마나 좋을까 싶었다. 그리고 나는 퇴직을 했고 마리아의 소식은 들을 수가 없었다. 그러던 중, 한 동료의 전화를 받았다. 제일 먼저 마리아의 소식을 물었다.

"셋째의 치료는 다 끝나서 반년마다 정밀 검사를 받고 있어. 지난 두 번은 별 문제가 없었고. 그래도 후유증 때문인지 몸이 너무 약해졌어. 또래보다 작고. 다행히 셋째 친부가 마리아네 근처로 이사를 왔어. 셋째를 지극정성으로 보살펴."

그들은 아직 재혼 계획은 없고, 친부는 옆에서 마리아와 가족들을 돌보아 주는 든든한 울타리가 되고 있단다. 같은 공간에 있어야만 가족이라는 생각을 버리고 곁에서 묵묵히 도와주는 사람도 가족이라고 생각한다는 마리아의 이야기도 전했다.

그때는 타협이 되지 않던 관계였는지도 모르겠지만 이제 마리아와 그의 전 남편은 아이를 위해서도 본인을 위해서도 한 발짝 물러서 무엇을 어떻게 하는 것이 가장 바람직한 일인가 생각할 것 같다. 조금은 양보하고 조금은 배려하고 조금은 사랑으로 보듬어 함께 가는 길. 아이와 그들을 위해 좋은 관계가 오래 이어졌으면 하는 바람으로 기도하는 마음이 된다.

가슴으로 낳은 딸

앤절라는 배우 엘리자베스 테일러를 닮았다. 반짝거리는 검은 머리와 검고 짙은 눈썹 때문인지 얼굴은 더 두드러지게 하얗다. 입가에서 떠나지 않는 미소는 그녀의 아름다움을 더한다.

그녀는 중환자실에서 '미스 도미니칸'으로 통했다. 세계에서 가장 아름다운 사람을 미스 유니버스라고 부르듯이, 병원 이름 도미니칸을 붙인 별칭이다. 그랬던 그녀가 얼마 전부터 우울한 표정이더니 급기야는 일하면서도 눈물을 보였다. 무슨 일이 있는가 싶었지만, 물어보는 것조차 그녀의 울음보를 건드리는 것 같아 조심스러웠다.

그러던 어느 날, 그녀는 장기 휴가가 필요하다며 안식년을 신청했다. 한국도 그렇겠지만 미국에서는 한 직장에서 10년 이상

근속하면 일 년 정도 안식년이 주어진다. 어머니가 무릎 수술 후, 통증이 지속돼 앤절라의 도움 없이는 일상생활을 할 수가 없단다. 일이 끝나고 퇴근하면 자신의 몸도 천근만근인데, 어머니 간호까지 해야 하고 낮에는 어머니 혼자 집에 계시니 불안하고 걱정도 된단다. 방문간호사를 고용했지만, 미국 의료보험에서는 방문간호 시간을 두 시간으로 제한했다. 나머지 시간 동안에는 어머니 혼자 계셔야 했고 그러다 또 넘어지지는 않을까 걱정이었다. 앤절라는 도저히 안 되겠다며, 어머니가 혼자 생활이 가능할 때까지 자신이 돌봐야겠다고 안식년을 낸 것이다.

"일하면서도 집에 계신 어머니가 걱정돼서 좌불안석이야. 우리 하는 일이 일분일초도 눈을 뗄 수 없는 중환자를 돌보는 일인데, 혹 실수라도 한다면 큰일이잖아. 어머니가 혼자 생활이 가능할 때까지 내가 돌보는 게 최선인 것 같아."

그녀와 나는 홀어머니에 무남독녀인 동병상련이라서 많은 이야기를 나누었다. 미국에선 좀 개방적일 줄 알았는데 그렇지도 않았던 모양이다. 앤절라가 대학교 1학년일 때, 어머니는 매주 딸을 찾아가 주말을 같이 보냈다고 한다. 집과 학교의 거리는 차로 다섯 시간이었다.

"내가 주말에 파티라도 가서 남자 만나고 술 마시고 놀까 봐 그랬을걸?"

"그렇다고 안 하니? 할 건 다 하지."

우리 둘은 낄낄거렸었다. 대학을 졸업하고 최대한 집에서 먼 곳으로 취직하려 했으나, 어머니의 간곡한 부탁으로 다시 이곳에 돌아왔다. 그러다 보니 혼기도 놓쳐 아직도 어머니와 둘이 살고 있다. 때론 친구 같고, 언니 같고, 동생같이, 서로에게 응석받이가 되어 알콩달콩 살고 있었다. 그러다 어머니는 퇴행성관절염이 심해졌고, 수술했고, 재활이 용이치 않아 급기야는 딸의 간호를 24시간 받아야 하는 상황이 온 것이다.

사실 앤절라는 어머니가 배 아파 낳은 딸이 아니었다. 가슴으로 낳은 딸. 어머니는 한 번도 결혼을 한 적이 없었고 시청 공무원으로 근무했었다. 남편보다는 딸이 더 필요하다고 생각했는지, 마흔이 되던 해에 입양했고, 그 후 둘은 떨어지지 않았다. 앤절라는 철이 든 후에 자신이 입양아임을 알았다. 친부모를 찾을 수도 있었을 텐데, 그녀는 자신에게 어머니는 하나면 된다고 입버릇처럼 말했다. 같이 살다 보면 비슷하게 닮아 갈까, 아니면 어머니는 자신과 닮았다는 생각에 앤절라를 택했을까. 둘은 참 닮았다. 검은 머리와 짙은 눈썹, 흰 피부까지.

어머니에 대한 그녀의 간호는 지극했다. 칼같이 퇴근했고 퇴근 후에는 모든 간호를 도맡아 했다. 방문간호사와 24시간 가정 돌봄도 쓸 수 있는 의료보험이 있었지만, 자신이 하는 게 제일 낫다며, 어머니를 지극정성으로 돌보았다. 그러나 긴 병에 장사 없다고, 조금씩 힘에 부쳐서 이제 온전히 어머니만을 돌보겠단다. 효심 가득한 마음은 이해가 됐지만, 저러다 너무 지치면 어떡하나 걱정되기도 했다. 그래도 한 번은 해 봐야 후회도 미련도 없을 일이니, 그녀에게 내 도움이 필요하면 언제든지 연락하라고 당부했다.

두 달쯤 지났을까, 앤절라가 다시 병원에 일하러 나온다는 소식이 들렸다. 예정보다 빨리 돌아오는 이유는 무엇일까 궁금하고 걱정이 되었다. 생각보다 밝은 표정으로 돌아온 그녀가 지난 두 달의 이야기를 풀어놓는다

“매일 싸웠어. 엄마는 아파서 못 움직인다고 하지, 난 재활을 위해 아파도 움직이라고 하지. 엄마는 먹고 싶은 대로 먹겠다고 하지, 난 칼슘이나 단백질 위주로 소식하라고 하지. 엄마는 나한테 제발 좀 나가서 돌아다니라고 하고, 난 엄마를 두고 어딜 가느냐고 되묻지. 정말 매일같이 다퉜고, 삐쳤고, 큰소리도 냈어. 간호는커녕, 원수처럼 서로 으르렁거리고 있더라고. 이건 아니다 싶었어. 나도 집에 계속 있는 것보다 일하는 게 낫겠고, 엄마도 내가 없어야 방문간호사와 도우미 말을 듣겠더라고.”

그녀의 말에 웃음이 나왔다. 피 한 방울 안 섞이고 가슴으로

낳은 자식이지만 그들의 모습은 심하게 싸우다가도 금세 화해하는 여느 모녀와 같았다. 그녀는 어머니가 자신을 입양했다는 사실에 늘 감사해했다. 그래서 더 극진히 간호하고 싶었었는데, 자신도 사람인지라 인내심에 한계가 있다는 말도 덧붙였다.

며칠이 지나 앤절라는 토슈즈처럼 생긴 헌 실내화 하나를 가져왔다.

"우리 엄마가 널 주래."

"왜?"

"네가 외동딸인 걸 알았을 때부터 네가 제일 마음에 쓰였대. 신발 사이즈도 네게 딱일 것 같대. 이제 더는 이 신발로 이 방 저 방을 통통 튀듯이 다닐 수 없다는 걸 엄마도 아신 거지."

앤절라의 어머니는 재활을 하며 걷기에 안전한 운동화를 신어야 했다. 그 후 난 이사를 하며 짐 정리를 많이 했다. 버리고 또 버리고, 그녀가 준 실내화도 버려졌다. 실내화를 버리며 문득, 모녀 사이의 애증도 함께 버렸으면 싶었다.

앤절라와 나는 '너나 나나 엄마 그늘에서 옴짝달싹 못 하고 살지'라는 이야기를 가끔 했다. 환갑이 지났어도 엄마에게는 빚진 듯한 마음이었다. 앤절라의 엄마는 앤절라를 입양해 홀로 키웠고, 우리 엄마는 혼자되어서도 재혼하지 않고 나를 키웠다. 그래서 우리는 자신의 엄마에게 너무도 커다란 빚을 지고 있다고도 했다. '엄마 말만 잘 들으면 매사가 형통'이라는 고색창연한 말을 앞세우는 엄마. 토 달지 않고 잘 따르다가도, 갑자기 성질이 나면 제일 만만한 상대인 엄마에게 소리를 지르거나 말대꾸를 해서 엄마의 염장을 질렀던 우리였다. 서로를 너무나 사랑하면서도 한편으로는 그 사랑이 족쇄가 되기도 하는, 인생의 굽이굽이마다 함께하는 관계인 모녀지간.

나도 어느새 버릴 줄도 아는 나이가 되었다. 추억은 기억 속에서 희미해지며 조금씩 사라지겠지. 떠나는 그날, 무엇에도 묶여 있지 않고 홀가분하고 싶다. 쉽지는 않겠지만 하나씩 정리를 해야겠다. 엄마와의 관계조차도.

나의 엄마도, 앤절라의 엄마도 이젠 스러지는 불꽃이 되어 요양원에 계신다. 얼굴 한번 보여 드리고 손 한번 잡아 드리면 검버섯이 핀 얼굴 위로 미소가 번진다. 그럴 때면 호수처럼 잔잔한 은빛 파도 위로 갈매기 한 마리가 날아가는 것 같다. 내가 가야 하는 길인 것처럼.

지는
노을도

아름답다

퇴직 후 가장 좋은 점은 언제라도 한국에 갈 수 있다는 것이다. 내 고향 강릉은 언제 가도 정겹고 따스하다. 고향이라는 알싸한 단어를 나는 좋아한다. 내가 태어나 유년 시절을 보내고 철이 든 곳.

부서지는 파도 소리에 맞춰 경포에서 안목으로 이어지는 바닷가 솔밭을 한 걸음 한 걸음 걸으면 모든 시름이 사라진다. 세상에는 아름다운 길들이 많겠지만 내게 가장 위안이 되는 곳은 안목에서 경포대까지 이어지는 솔밭 길이다. 옆에서 길동무하는 파도가 잔잔하면 마음이 가라앉고, 파도가 거세면 마음이 뻥 뚫린 듯 시원하다. 바람따라, 세월따라 굽어지고 휘어진 해송들, 숲으로 난 길에서 은은한 솔향이 나를 반긴다.

지난 가을 강릉에 갔을 때, 가장 많이 한 일이 이 길을 걷는 것이었다. 아침에 눈을 뜨면, 약속이라도 있는 것처럼 서둘러 길을 나섰고, 걸었다.

난 늘 70세까지는 간호사 일을 하려고 생각했었다. 그래야 마음도 몸도 젊음을 유지할 수 있고, 규칙적인 생활을 해야 건강도 유지된다고 믿었다. 40년 동안 '중환자실'이라는 긴장된 곳이어서 그랬을 수도 있고, 천성이 느긋하지 못해서 항상 바쁘게 살아서일 수도 있다. 나는 정해진 틀에서 벗어나면 큰일이라도 나는 듯 스스로를 몰아쳤다.

이 년 전 겨울, 평생 하던 일에 과부하가 걸렸던 것일까? 어디가 아팠던 것도 아니고, 일이 힘들었던 건 더욱더 아닌데, 어느 날 갑자기 늘 바쁜 척하고 늘 종종걸음을 치는 내 모습에 "이건 아닌데"라는 생각이 들었다. 경제적으로도 살 만하고, 남편과 아들이 하는 사업도 정상 궤도에 올랐는데 왜 이리 바쁘게 살까 하는 생각에 미치자, 이제 그만 병원 일을 놓고 싶었다. 남편에게 어떻게 생각하냐며, 병원 일을 그만두면 어떻겠냐고 넌지시 말을 던졌다.

"글라라, 그대가 하기 싫고, 어딘가 매여서 해야 하는 일들이 부담스럽다면, 오늘이라도 그만둬! 그 정도면 충분해. 그만두면 한국도 자주 왔다 갔다 할 수 있고, 아들 사업도 더 도울 수 있잖아.

하고 싶었던 성경 공부도 진지하게 해 보고. 내일 가서 사직서 써."

일말의 고민도 없이 그만둬도 좋다는 남편의 답을 듣자, 진작 그럴 걸 미루고 있었나 싶었다. 젊은 시절엔 풀타임 간호사에 풀타임 학생으로, 이후엔 간호사와 글쓰기를 병행했다. 지난 10년 동안은 간호사와 가게 일을 병행하며 숨 가쁘게 살았었다.

이 마음이 바뀌기 전에, 다음 날 출근하자마자 매니저를 찾았다. 이젠 퇴직해야 할 것 같다고 하자, 오랫동안 참 많이 고생하고 수고했다고 한다. 퇴직 후 뭘 하겠느냐고 물었다. 일단은 아무것도 안 하겠다고, 그게 계획이라고 답하며 웃었다.

오후, 병원의 홍보과에서 전화가 왔다.

"지은, 간호사 일에서 퇴직한다고? 네 이야기를 병원 사보에 좀 싣고 싶은데……. 어떻게 생각해? 그리고 병원에서 해 주는 환송회는 언제 할까?"

"내 이야기가 뭐 별거라고. 퇴직한다고 했다가 내 마음이 변해서 다시 또 올지도 모르잖아? 아직은 아닌 것 같아. 번거롭게 환송회는 안 할래."

사보에는 40여 년의 간호사 생활을 접고 퇴직을 한다는 기사가 단출하게 실렸다. 그렇게 내 인생의 대부분을 차지했던 간호사 생활을 접었다. 중환자실이라는 무게감에 많이 힘들었고, 이방인이라는 낯섦에서 벗어나기 위해 부단히 애썼다. 매사에 필요 이상으로 당당하고, 똑 부러졌던 건 이민자로서 어쩔 수 없는 열등감을 감추는 나름의 보호막이었다.

마지막 출근일 다음 날 아침, 허리가 아플 정도로 늦잠을 잤다. 일어나니 해는 중천에 있다. 정해진 시간에 출근하지 않는 건 이런 게으름을 허락하는 것이구나 하고 생각하며, 창밖을 내다보니 동네엔 사람 하나 없이 조용했다. 모자를 눌러쓰고 목도리를 둘둘 감고 장갑을 끼고 겨울 찬바람을 맞으며 동네를 걸었다. 차가운 바람이 상큼하다면 과장된 표현일까. 얼마나 걸었을까, 코가 시려서 집에 들어와 늦은 점심을 혼자 먹으며 웃음이 나왔다. 이 편안함!

그러고는 오래된 절친 부부와 하와이의 섬들을 도는 크루즈 여행을 떠났다. 도착하는 섬마다 풍경이 달랐다. 예전에 왔던 곳인데도 또 좀 다르게 느껴졌던 건, 퇴직 후의 여유로움 때문일까? 많이 웃는 나에게 친구가 말했다.

"그 편안함, 좋아 보여. 그동안 자기 참 딱딱했거든."

그래, 어떤 틀에서 벗어났을 때의 편안함이 이런 거구나. 미소가 절로 번지는 편안함, 열흘 간의 크루즈 여행 중에 많이 웃었다. 주황으로 넘어가던 노을, 그 황홀함 속에서 내 인생의 마지막 풍경도 저렇게 아름답게 지면 좋겠다고 생각했다.

내 방에서 저 멀리 로키산맥의 최고봉 중 하나인 파이크스피크가 보인다. 노을은 언제나 그곳으로 넘어간다. 노을을 바라보며 걷는 길이 이젠 제법 익숙해졌다. 강릉 송정해변의 파도가 익숙해진 것처럼, 지는 노을을 바라보는 내 시선도, 내 발걸음도 아주 편하고 익숙해졌다. 지는 노을도 이렇게 곱고 아름다운 것을…….

그래도, 당신이 살았으면 좋겠다

초판 1쇄 발행 2021년 10월 20일

지은이 전지은

펴낸이 최지연
책임편집 신나래
마케팅 이유리, 김현지
디자인 [★]규
제작 어진

펴낸곳 라곰
출판등록 2018년 7월 11일 제2018-000068호
주소 서울시 마포구 큰우물로75 성지빌딩 1406호
전화 02-6949-6014 **팩스** 02-6919-9058
이메일 book@lagombook.co.kr

ISBN 979-11-89686-35-2 03810

• 라곰은 (주)타인의취향의 출판 브랜드입니다.
• 책값은 뒤표지에 있습니다.
• 잘못된 책은 구입하신 곳에서 바꾸어 드립니다.